美麗的凶器

東野圭吾

李宜蓉 譯

【專文導讀】

美麗卻凶險的武器，實為與魔鬼交易的畸形產物

文◎黃羅

有一則故事是這麼說來著：某個世間凡人受到魔鬼的誘惑，說是可以幫他找到心滿意足的快樂；那凡夫俗子則打賭說，自己要是真有那麼一刻能感到無上的快樂，甚至滿足到寧願時光停下腳步的話，那麼魔鬼大可任意取走他的靈魂。兩造立下契約之後，魔鬼帶領他遊歷五光十色的大千世界，讓他變回年輕模樣，協助他追求美少女格雷琴的愛，但是卻落得悲劇性的下場……

咦，這個故事是不是有點耳熟？沒錯，你答對了，這就是德國大文豪歌德的代表作《浮士德》（Faust）。故事之所以經典，理由是它能歷久彌新，不管經歷多少歲月，故事的內容必能觸及人性本質，喚起全人類的感嘆共鳴，畢竟有誰不曾像浮士德一樣受到外來誘惑？所以說無論時代如何轉換變遷，這樣的故事總是在世界的各個角落輪番上演，版本或有不同，但本質絕對不變：小則碰上考試時，要不要回應同學的提議「互相關照」？大則以政壇為例，政府官員該不該收取財團企業主的金援？有了政治獻金的運籌帷幄，或可幫自己打贏選戰更上一層樓；可是拿人家錢的手軟，一旦簽訂了魔鬼契

約，就無法推託對方的任何關說，這豈不是得昧著良心做事？

另一個有群魔肆虐的地方叫做體壇。在競爭極其激烈的環境中，運動員為了勝出，有時會不惜作弊走捷徑，因而成了魔鬼誘惑的最佳獵物。這些妖孽會如何伸出魔爪呢？最為人所知的方法有二：第一種是魔鬼化身為組頭，唆使選手放水，拒絕不了高報酬誘惑的球員就淪陷了（放水一場比賽的酬勞相當於一整年的薪水哦），十月底剛爆發的中職假球弊案便是一例；第二種是魔鬼變身為教練（有時是隊友或訓練員），誘導選手服用禁藥來讓成績突飛猛進，這樣的例子可說不勝枚舉，像是短跑名將班．強森和「花蝴蝶」葛瑞菲絲，以及美國職棒歷屆的全壘打王馬怪爾、貝瑞．邦茲、A-Rod等大咖球星。只要幾針類固醇或肌肉增強劑注入體內，球棒一揮就可輕輕鬆鬆將球送出全壘打牆外，接著響起的如雷掌聲更是教人暢快淋漓，難怪一堆選手會趨之若鶩地跟進。這種非法而不可外洩的肉體改造計畫，即是東野圭吾在《美麗的凶器》小說中所要探討的主題。

東野圭吾不愧是日系推理作家當中的「百變天王」，無論是主打密室解謎牌的處女作《放學後》，或是有惡女潛行的犯罪小說《白夜行》、為受刑人家屬申冤的社會派作品《信》，以及充滿純愛小說精髓的《嫌疑犯X的獻身》，甚至是帶有奇想色彩的日本推理作家協會獎得獎作《秘密》，東野皆能遊刃有餘地轉換領域並書寫獨特的故事。除此之外，由於本身扎實的理工背景，使得東野的小說比起其他同儕多了不一樣的科學成分，像是處理原子能發電、大腦移植技術之類的素材，難怪他會塑造湯川學這位「神探伽利略」，而且也能寫出著名的醫學推理三部曲《宿命》、《變身》、《分身》。

儘管《美麗的凶器》碰觸的主題雖非這三部曲之中的生殖醫學倫理面，但是利用禁藥來幫選手做肉體改造的運動科學，因近似納粹黨所做的人體實驗，其爭議性自然是不遑多讓。違反常理的運動科學所帶來的榮耀在此無須贅言，然而跟魔鬼做交易的後遺症卻不可小覷，輕則苦於頭痛、暈眩、失眠、出現幻覺，手腳還常麻痺無法行動，重則影響膽固醇代謝機能，造成動脈硬化或引起肝癌，許多運動員之所以英年早逝，背後便隱藏了這個不可告人的秘密。

從發表年份來看，出版於一九九二年的《美麗的凶器》算是東野早期作品，但這本小說已顯露出作者求新求變、企圖走出本格推理窠臼的野心，此後他風格丕變，一再挑戰自我，所以才會有《名偵探的守則》這一類充斥嘲諷意味的反推理作品問世。基本上來說，《美麗的凶器》算是個貓抓老鼠的劇碼，故事線的主軸一分為二，一邊講述四個曾為運動明星的社會菁英想掩蓋過去不為人知的秘密，竟失手殺害一手訓練他們的教練，結果導致一連串如影隨形的致命殺機；另一邊則用平行剪接的手法描寫教練死前栽培巳久的秘密武器，為報「父」仇而展開冷血無情的追殺，段落間再穿插警方的緝捕行動，並藉由女殺手也避不了飆車族的淫慾邪念和集體暴力，從中勾勒出女性身處之社會黑暗面的苦情宿命。書名所指涉的「美麗凶器」，自然是指那位一臉稚氣有如洋娃娃、擁有一米九高的模特兒身材、但是卻力大無窮宛若畸形怪物的女殺手。她的美不僅引發登徒子的覬覦，連被她屠殺的被害人看了都屏息讚嘆：「黝黑的肌膚、如黑豹般銳利的眼神，充滿野性的深邃輪廓，以及結實強健的肌肉所包覆的軀體……」

人類走在未知邁向已知的生命道路上，終將體會善與惡的兩種面向。正如書中的主角在逃命時不禁質疑「我當年到底是為了什麼而跑？是為了證明自己的實力？但那算是自己的實力嗎？還是為了獲勝？為了跑贏誰嗎？」到頭來他終於明白自己沒有贏，過去的陰影一直徘徊不去，而排列在牆邊的獎盃根本是一堆不值錢的廢鐵。東野最厲害的技法是把這樣一個寓言式的警世小說通俗化，他把埋藏在角色內心深處的陰影具像化，以一隻巨大毒蜘蛛的形體現身，用她無所不在、無所不能的魔力糾纏「沉淪者」的心、折磨「墮落者」的體，直至生命的時光停止流逝……

人生在世，榮耀只是一時的，庸庸碌碌的世人卻難以開悟，所以才不斷上演著與魔共舞的故事，無怪乎有些創作者抵擋不了魔鬼的誘惑（盛傳美國某些作家和搖滾樂團與魔鬼簽下誓約，以換取源源不絕的創作靈感）。早年始終懷才不遇、一直和「暢銷」無緣的東野圭吾，最後在搖筆不輟的長期努力下，終獲各項桂冠的殊榮和銷售佳績，而這本《美麗的凶器》所蘊含的理念，正為他自己的寫作生涯下了最佳註腳！

1

她黝黑的手指抓著調整至肩膀兩側的槓鈴。

少女坐在椅子上，挺直背脊，連續做了三次深呼吸，在第三次深呼吸還沒結束的同時，少女伴隨著從喉嚨深處發出如野獸般的吼聲，一口氣繃緊全身的肌肉。

下一秒，少女高高舉起槓鈴，隆起的肌肉，黝黑發亮。她皺著雙眉，看似痛苦的臉，彷彿同時也享受著快感。

槓鈴回到原來的位置，她重複著同樣的動作，微弱的呼吸聲，配合著節奏，伸縮的肌肉滲出了汗水。

第十次後，節奏顯得有些凌亂，但少女還是完成了十二次同樣的動作。

「很好。」

在少女身旁的男子專注地看著電腦的螢幕，而非少女。這台電腦連線到控制槓鈴的機器。

「妳的爆發力和速度都變強了，從明天起增加訓練強度。」

因為男人的讚美，少女打從心底感到喜悅地笑了。

在這個微暗的房間裡，不，說是房間或許不太恰當，因為整個空間超過六十坪，裡頭陳列著各式各樣的訓練機器。

「好，再來。」

依照男子的話，少女起身走向鍛鍊大腿肌肉的器材。她坐上椅墊，雙腳往前抬起踩上踏板，利用雙腳的力量將槓鈴向上拉。

少女專注地看著器材，男子則操作著電腦，隨著壓力的增加，少女的雙腳就又一次更沉重地彎曲著。

不過，這樣的負荷對少女來說並非太困難的事情。少女嘴巴微張，配合呼吸，集中大腿肌肉的力量，修長的雙足筆直地往前伸展，似乎感覺不到任何阻礙。就這樣，雙腿彎曲，然後再度伸直，重複了十二次同樣的動作。

接下來幾項器材的重量訓練，少女都逐一完成，她全身肌肉越發緊實，汗流浹背。雖然開著空調，但室內仍顯得有些悶熱。

所有的訓練都完成後，少女走向男子，挺胸舉高雙手。她接著倒立，順勢讓身體向後彎曲，直到雙腳觸及地面後，再讓自己慢慢站穩起身。少女的身體就如同軟骨動物一樣地柔軟，像機械玩偶般，精準地呈現每個動作。

「漂亮。」

男子的視線從電腦的螢幕轉移到少女的身上，說：「一切比預期中進行得還要順利，太完美了！」

少女身體稍微向後仰，利用身體回正的反作用，輕快地從地上彈起，在空中翻轉了一圈。無聲無息，慢動作似的熟練確實地完成了空翻的動作。少女黝黑的身體在空中連續兩個空翻，來到離男人很近的地方，穩穩站著。

她跪下來，這時男子起身。儘管如此，兩人的雙頰之間似乎沒有多遠的距離。男子的手圈著少女的頸部，少女也用長長的手臂撫著他的背。

「我們的……妳的一切努力，就快開花結果了。」

男子在少女的耳邊輕聲說道。

「黑暗的日子就要結束，妳會走向光明，妳會改變世界，或許多少會有些紛擾，但那不算什麼，我會設法替妳解決的。為了我，妳奉獻了全部，這就是我報答妳的方式。」

少女閉上雙眼。正當男子將自己的嘴貼近少女的雙唇時，別處傳來了電子聲響。他停止動作，少女也睜開眼睛。

「這麼晚了怎麼還有客人？」

男人轉身回到剛剛的位子操控電腦，螢幕從剛剛訓練器材的畫面切換成監視器的影像。電腦的畫面出現了一個庭園，男人透過電腦操作轉動監視器，試圖捕捉外界的狀況。看來對方不只一個人。

「一次來一群人啊……」

只見男子的嘴唇一撇。這群人的來訪，他並不意外。

「我出去一下。有客人來，主人不露個臉的話有些失禮。」
男人從桌上拿起鑰匙，往房門走去，此時少女依然跪坐在地毯上。
「馬上回來。」
說完，男人打開這扇厚實堅牢的金屬門，出去後便小心翼翼地將門鎖上。

2

總覺得有人在看著我……
有介穿越庭園時，本能地感覺到了。那個男的，也許透過監視器看見了自己。靠近建築物之後，有介快速地察看四周，但似乎沒有發現類似照相機或攝影機的東西。
「怎麼了嗎？」
翔子低聲問有介。有介搖搖頭說：
「喔，沒事。」
就算現在跟他們說可能有監視攝影機，也於事無補。已經不能回頭了。
「喂！上吧！做好心理準備了吧？」
潤也說道。確定有介跟翔子都點頭之後，他拍拍剩下另一個人的肩膀，
「好，那麼拓馬，就麻煩你了。」

拓馬一直保持沉默，壯碩的身軀靠著牆壁，穩穩地蹲著，潤也跨過拓馬的頭，站在他的肩膀上，接著拓馬的兩手一邊扶著牆壁，一邊站起來。這樣的重量對拓馬來說不算什麼，他的腿部和腰部一動也不動。

「好，換翔子上來。」

在拓馬肩上的潤也說。接下來，有介和拓馬背靠著背站著，雙臂在腰部交叉。

「翔子，我好了。」

翔子後退幾步，朝著正前方的有介輕輕地助跑。在距離他一、兩公尺的地方，翔子瞬間消失蹤影，隨後，她的腳落在有介的手上。有介算準時機，將她奮力往上一拋，浮在空中的翔子在前方翻轉一圈後，落在潤也的肩膀上。

「成功了。」

翔子站起身，旁邊剛好是陽台。確認她像猴子般敏捷地爬上陽台之後，有介拋出繩索。

「真不愧是得過獎的世界選手，」潤也從拓馬的肩膀上下來說，「如果女子體操有『小偷』這個項目，那妳肯定會拿金牌。」

「還沒成功呢……」

有介一邊說，一邊跳上繩索。繩子上做了幾個立足點，所以不難爬。

「果然鎖上了。」

翔子指著鋁框的玻璃窗戶說道。

「我想也是。」

有介從腰包中取出工具，在門鎖旁邊將玻璃切割畫出約直徑二十公分的圓，在上面黏上膠布，然後再用塑膠榔頭敲打。很快地，圓形中間的部分破裂，碎片因為膠布的關係，幾乎沒有掉下來。而且室內鋪了地毯，就算玻璃碎片掉到地上，也不會有多大的聲響。

小心地取下膠布，有介把手伸進圓形的洞中解開門鎖，打開玻璃門，從門簾縫隙鑽進屋裡。

「我去開玄關的門，讓樓下那兩個人進來。」

接著有介後面進來的翔子，打開房間的門出去。

有介打開手電筒，照亮室內。這個房間裡，有收納大量書籍的鐵製書架與櫥櫃並排。房間裡沒有裝飾用的家具擺設，與建築物的外觀形成強烈對比；這個房間的目的完全是為了保存資料。

找得到嗎……？

有介的心涼了一半，他覺得這就像在堆積如山的稻草中找針一樣困難。而且，或許不是只有這裡才有稻草山。

「喂！怎麼了？」

後面傳來呼喊的聲音，有介這才回過神。向後一看，潤也擔心地看著他，翔子也站在旁邊，後面則是拓馬。
「你們看。」
有介搖晃著手中的手電筒環照四周，「你們覺得，只有今天一個晚上我們找得到嗎？」
其餘三個人似乎察覺到有介話中的意思。此時此刻，他們不發一語，只是呆呆地站著。
「不過，不做也不是辦法。」
終於，拓馬第一個開口，「找不到的話，我們也完了。」
他用沒有抑揚頓挫的低沉口氣說，然而這比起饒富情感的語調還來得有說服力。
「對，非做不可！」潤也說，「已經沒有其他方法了。」
「那就找找看囉。」
翔子說，並走近眼前有十幾個抽屜的書櫃。她從最上面的抽屜開始檢查，同時，其他幾個男人也跟著動手，拓馬和潤也走向書櫃，有介搜索書桌。這個書桌使用的並非高級木材，而是以實用為考量而設計的不銹鋼桌，上面還放了電腦等通訊器材。
就如同大家說的，只能找了。
有介心裡這麼想著，打開眼前的抽屜。突然間，四周的電燈亮了。
「扮小偷的遊戲結束了！各位。」

有介吃驚地往聲音的方向看去。

門口站著一個身材矮小的男子。頭上光禿無毛，倒是鼻子下留了白鬍子。瘦削的臉龐，刻畫著無數的皺紋，而細長的眼睛埋在其中。

「好了，離我寶貴的資料遠一點。對你們來說或許只是一些紙張，但對我來說，這些全都是紀念品。」

矮小的男子從長袍口袋中掏出手槍。他們知道這個人並非只是在威脅他們，是真的可能開槍。先是潤也，雙手離開書櫃往上舉高，接著拓馬、翔子跟有介也做同樣的動作。

「很好，放棄是明智之舉。大方承認失敗，這對你們這些運動員來說也很重要。」

「你打算拿我們怎麼辦？」

潤也問道。矮小的男子歪著臉笑了，臉上的皺紋也跟著抽動。

「嗯，我想想看，該怎麼辦呢？報警也是一個方法，不過，這一點也不有趣，畢竟我也不想被那些低能的警察追根究柢的詢問啊。不然，通知你們各所屬的聯盟會怎麼樣？他們一直以來引以為傲的選手們居然當起小偷，要是他們知道了，那面子要往哪裡擺呢？丹羽、日浦，你們所屬協會的委員長年紀都大了，很有可能心臟病發作喔！」

「這樣做的話，你知道會發生什麼事嗎？」

有介說：「他們會追問，為什麼我們要潛入這棟房子。調查起真正原因的話，對你來說應該也很麻煩吧！」

「不過，你們會說出真相嗎？」
男子帶著笑意，說：「你們的成就都是用軀體換來的，我看得出來你們不會這麼輕易地捨棄這一切。」
「就算我們不說，真相遲早會大白。聽說各機關單位已經有動作了。」
「妳說的，應該是前陣子小笠原自殺的事情嘛！」
男子的臉面向翔子皺了皺眉，說：「那個男人太懦弱了。他的身體、心靈都太過軟弱，是我失算。」
「他才是正常的。」
「我都說他很懦弱了，而且更沒想到他會自殺。你們也很驚訝吧？所以才會決定潛入這裡。」
「那你就乾脆一點把資料還給我們吧！」
潤也向前踏出一步，男子也隨即用手裡的槍瞄準他。
「我剛剛應該說過了。這裡全部的一切都是我的紀念碑，我是不可能給你們的。」
「如果調查單位到這裡來強制搜查，那你打算怎麼辦？」
有介一說完，男人恍然大悟似地連連點頭：
「所以你們擔心的是這個？」
「你也會擔心吧？」

「我？」

男人靠上了牆壁，但仍沒有卸下武裝，說：「我不一樣。應該說，我已經不一樣了。」

「什麼不一樣？」

「我想差不多是我表彰自己功績的時候了。對於把我視為異類的人，也該讓你們覺悟了。」

「你知不知道這樣做會造成什麼後果？」

「多少會受到譴責吧！但僅止於此。我不像你們擁有獎牌和名譽，這一切對我而言並不會有什麼損失。」

「原來是這麼回事。」

潤也表情扭曲，瞪著男子說：「你從一開始就打算這樣做對吧？你打算找一個適合的時機，全盤托出？所以你才會利用我們。」

「說『利用』就太難聽了，你們不也作一場好夢嗎？喂！別亂動，安生。你這樣逼我，就算我手裡拿著槍也會緊張啊。」

矮小的男子用言語壓制了拓馬的行動。看來剛剛那一瞬間，拓馬打算趁機猛撲上去。

「好了，聊天時間結束，該請你們出去了。」

矮小的男子晃了晃手上的槍，用下巴指著門的方向。翔子最先出去，接著是拓馬，然後有介、潤也逐一步出房間。

門前方是可以俯瞰一樓大廳的迴廊。天花板上垂吊著一盞巨大的美術燈。出了門，立刻可以看到右邊的樓梯。

「兩手交叉放在頭後面，慢慢走下去。」

在矮小男子的命令之下，四人下了樓梯，男子尾隨在後。有介張望著客廳全貌。也許是屋主喜歡古董，這些家具都充滿古典風情。除了有一個高約兩公尺的鐘擺式大時鐘，中央還有個暖爐。牆壁上則掛著幾幅裱了框，有模有樣的畫。

整體看來，這個客廳與剛剛看到的書房氣氛迥然不同。

「好。在這裡別動。」

這個男人說完後，走近一個看來頗有年代的燈桌。打開有金屬裝飾的抽屜，從裡面取出膠帶。

「佐倉，用這個把妳的同伴的手捆起來。別鬆掉，捆緊點。」

膠帶滾到了翔子腳邊。她猶豫了一下，終於妥協，拿起了地上的膠帶。

「把他們雙手繞到背後，捆住手腕。還有，也幫我把安生的腳踝捆上。雖然不想這樣做，但不先把重坦克壓制住的話，我會有點擔心啊！」

遵照男子的指示，翔子用膠帶纏繞同伴們的手腕。但有介知道，翔子的膠帶並沒有纏緊，只是，膠帶重複纏繞了好幾圈，手腕幾乎動彈不得。

矮小的男子在一旁監視，一邊拿起無線電話。

「這麼晚了還打電話啊？」

潤也口氣強硬地說。男人揚起眉毛，說：

「三更半夜才更有緊張感啊。這樣各協會的大老，應該不會覺得只是惡作劇了吧？那麼就從健身中心開始吧！安生兄，這是你的地方喔！」

大概是記得電話號碼，男子不用看便單手開始撥打電話。

這時，雙手雙腳都被膠帶捆住而勉強站立的拓馬輕聲說：

「大家往後退一步。」

有介有些驚訝地看著他。拓馬面不改色地重複了一次：「往後退。」

有介於是照做，潤也與翔子也往後退。正在撥電話的男子發現苗頭不對，抬頭看著他們。

「你們在做什麼？」

正當他這麼說的同時，拓馬轉動自己高大的身軀，突然放低重心。蹲穩之後，扭動背後的手抓住地毯的一角，一鼓作氣往前拉。瞬間，地毯上的立燈倒塌，書桌也劇烈地移位。男子因為失去平衡，跌了個四腳朝天。

機會來了！趁男子還沒站起來，有介用全身衝撞，男子再次倒下。同時，潤也也採取行動，看見男子手上的槍在慌亂中掉落，就用迅雷不及掩耳的速度將它踢開，再狠狠地對那男子踹上一腳。

但就在這個時候，潤也皺起眉頭蹲坐下來。

「潤也！」

有介大叫，但他自己隨後也從背部受到猛烈衝擊，強烈的麻痺感讓他全身無力。矮小男子立刻站起身。

「全部不准動！」

男子喊著。他手上握著黑色小小的器械。有介知道，那是電擊棒，利用電擊威嚇對方的一種工具。看來是男子事先暗藏在長袍口袋裡的。

「果然不能大意，畢竟你們也不是普通的角色啊。話說回來，把安生的腳捆住是對的。」

拓馬因趁勢拉扯地毯倒臥在地無法站起來，憎惡地睨視著男子。

男人擦拭了一下嘴角後，隨手拿起燈桌上的銅製鳥型文鎮，往剛站起來的潤也頭部痛毆，潤也哀號一聲後再度倒地。接著有介的肩膀也慘遭一擊，他痛得叫不出聲。

這時候，「把東西放下。」

一個尖銳的聲音傳來。翔子兩手持槍站著。

矮小的男子一時顯得神色緊張，但又馬上恢復鄙視的笑容，說：

「這可不是玩具。趕快還給我。」

「沒聽到嗎？把東西放下。」

翔子歇斯底里地吼著。矮小的男子只扔下手中的文鎮，但右手依然握著電擊棒，一邊伸出左手，一邊向她靠近。

「妳應該沒開過槍吧！看妳這樣的姿勢，到時候子彈不知道會飛到哪裡去，搞不好還會打到妳的同伴喔！」

「不要過來，再過來我要開槍了。」

有介看得出來，翔子持槍的手一直在發抖。男子或許也看穿了她沒有辦法扣下扳機，繼續朝翔子步步逼近。

「好了，孩子，乖乖把槍交出來吧。」

男子的手伸到手槍前面。翔子無法開槍，只是全身僵在那裡。

「不要給他！」

拓馬喊道。男子充滿憎惡的眼神瞪著拓馬，有介伺機站起來，瞄準男子的腳，以滑壘的姿勢展開攻擊。

男子被撂倒在地後，電擊棒掉了出來；他試圖撿起時，有介又由下往上將他的手踢開。有介的腳尖還穩穩地踢中了他的下顎，男子整個人向後仰，嘴角流出血水。

「混蛋。」

男子面目猙獰地向翔子逼近。

「不要過來！」

「把槍交出來。」

就在男子蠻橫地搶奪手槍時，響起了刺耳的槍聲。

男子的身體像跳舞般在原地旋轉了一圈之後倒地，肩膀滲出鮮血。

子彈不偏不倚地打中了男子。翔子比之前顫抖得更厲害。

男子壓住被子彈射中的肩膀站起身，面露兇光，再度向她襲擊。翔子閉上眼睛，再度開槍。槍口冒出火花，男子的身體再度往後拋去。

子彈命中了男子胸口。

男子微微抽搐了幾下，便一動也不動。

緊接著是數秒鐘的沉默與空白，只聽得見凌亂的喘息聲。有介不知道那聲音來自誰的口中，或許是自己發出的聲音。

「啊……啊……」

翔子意識到自己做的事，手中的槍滑落，整個人當場跌坐在地，臉色如石膏般慘白。

「翔子，把膠帶拆掉。」

拓馬用冷靜的口吻說道：「快啊，翔子！」

她微微地動了動顫抖的頭，像上了發條的人偶般，僵硬地站起來；膝蓋也不聽使喚，走起路來踉踉蹌蹌。

也許連手指都變得很遲鈍，她花了不少時間才取下拓馬的膠帶。解開了拓馬的膠帶後，翔子像是用盡所有的精力似地一動也不動，只是呆坐在原地。因此有介和潤也的膠帶是拓馬解開的。

這時，潤也恢復意識，問：

「發生什麼事了？」

對於這個問題沒有人做出回應，但看著倒地的男子與翔子的樣子，他似乎也察覺到了，沒再進一步追問下去。

「總之。」有介打破沉默說道：「總之，先做該做的事吧！屍體的事之後再想辦法。」

「我也認為這樣比較好。」

拓馬也同意，「總之，先完成來這裡的目的。」

「好吧！那就回二樓去。」

潤也率先上樓，被毆的地方還隱隱作痛，邊按住後腦，邊扭著脖子。拓馬也跟在他後面上樓。

有介回頭看著翔子。她依然坐在地上，尚未脫離失神狀態。

「走吧！」

有介把手伸向翔子。翔子盯著有介的手看了許久，好不容易才有辦法捉住，然後像是發燒的病人一般搖搖晃晃地站了起來。

「我……殺人了……」

「別想了，這也沒有辦法。」

有介牽著翔子的手一起上樓去。

之後大約兩個小時，四人不斷地尋找。但是到底在找什麼，他們自己也說不上來，因為他們想找到的東西相當抽象，也就是所謂的「情報」。是一些紙本文件？或是備份的電子檔案？他們完全沒概念。

「稍微休息一下吧！頭有點痛。」

蹲在地上逐一檢查每個抽屜的潤也，站起來鬆鬆肩膀上的肌肉，轉一轉頭，「好嗎？拓馬，休息一下吧！」

「沒時間了。」

拓馬翻閱著資料夾，頭也不回地回答。他面前的書架上擺著十幾本的資料夾。

潤也嘆了口氣，看著有介說：

「那邊如何？有沒有發現什麼相關資料？」

這時有介已經檢查完書桌四周的東西，坐在椅子上無力地搔頭，回答：

「什麼都沒有。硬碟的內容也確認過了，都是些不相關的東西。」

「這樣啊……」

潤也站著雙手環胸仰望天花板。沉默中，只聽見拓馬翻閱資料夾的聲音。

「花了兩個小時終於完成四分之一，剩餘全部的都要查完的話，肯定會弄到天亮。一到早上，可能會有人來也說不定。」

「先把屍體藏起來吧！」

有介提出建議：「這樣的話，就可以慢慢找了。再多爭取一天的時間，也許我們會想出什麼辦法。」

「可是事情真的能這麼順利嗎？那傢伙失蹤，一定會引起大騷動。」

「……說得也是。」

有介陷入沉默中。除了必須找到的東西之外，還必須面對這個無法避免的問題。但是這麼多的資料要全部看完，總覺得不太可能。

「對不起，我居然做了這種事……」

翔子低沉的聲音說道。她幫忙拓馬檢查資料夾，但是始終無法專注，檢查資料的速度也比拓馬慢很多。

「別在意了。」有介說：「幸虧他死了，我們現在才能專心找啊。翔子，這不是妳的錯。」

「有介說得對。」

拓馬一邊盯著資料夾，一邊說道。或許覺得比較安心了，翔子低聲說：「謝謝。」

之後，又再度陷入沉默的窘境。

「好。」潤也一出聲，其他三個人抬起臉來。

「你想到什麼了嗎？」有介問道。

「都到這個節骨眼了，就賭一賭吧。」

「這是什麼意思？」有介問。

潤也大大地張開雙手，說：

「把這間屋子全燒了。這麼一來，所有的資料就全部從世上消失了。」

「你是說縱火？」

有介驚訝地睜大了眼睛。

「縱火也沒那麼簡單啊，一定得燒個片甲不留才行。我在想，這一帶都是別墅，所以屋裡應該會放一、兩個煤油桶。拿出來灑一灑點把火，連屍體一起燒掉。」

「這個好。」

拓馬似乎贊成這個提案，扔下手上的資料夾，說：「全部都燒掉的話，也看不出來是不是他殺了。」

「就算你贊同這個作法，但是拓馬，事情恐怕不會這麼順利。儘管屍體燒得焦黑，透過現在的法醫鑑定還是能輕易查出死因。不過也別失望，我們可以偽裝成強盜殺人的手法，離開的時候把值錢的東西一起帶走。」

「這樣行得通嗎？」

有介在腦海中描繪景象，不安地說著。

「我們已經沒時間思考能不能順利進行了。還是說，你有其他辦法？」

被這麼一問，有介回答不出來，只好搖搖頭說：「沒有。」

「翔子妳覺得呢？」

翔子專注地看著潤也，回答：「交給你了。」

「好，那就這麼辦！」

潤也拍了拍手，說：「開始行動吧！」

正如同他所想的，地下室存放著約五十公升的煤油。拓馬和有介分工，將煤油灑滿屋內，並將屍體搬入書房，在那裡灑了特別多的煤油。

「好臭。」

翔子一邊從牆邊取下畫，一邊說。環顧四周，翔子手上這幅畫似乎是這裡最有價值的東西，而且也不像其他古董那麼佔空間。潤也在屋內到處搜出現金，不過只勉強找到數十萬圓。

他們把藏在林子裡的廂型車開到門前，將剛剛的畫跟鈔票搬上車。這時正好是旅遊的淡季，別墅附近杳無人煙，比較不需擔心被別人看到。而且，這一帶的別墅之間距離甚遠，最近的房屋也隔了好幾十公尺，中間還種了樹。有介雖然有點擔心火勢會延燒到附近的樹，但都到了這個地步，也已無法回頭。
翔子跟拓馬坐進廂型車後座，有介負責開車。
「可以點火了。」
單手拿著打火機的潤也說道。
「等等，我去吧……」
翔子下了車，說：「這麼危險的事情，讓我來吧！」
「就是因為危險才應該讓我去吧。」
「不！讓我來！都是我害事情變得無法收拾，給大家添了很多麻煩，所以請讓我動手吧，拜託你們。」
潤也困惑地看著有介。然而接著說話的卻是拓馬。
「好吧，就讓妳去吧！」拓馬話一出口，潤也這才下定決心，把打火機交給她。
「小心點。」
「我會的。」
翔子試了試打火機後，走進了別墅。有介握著方向盤，保持隨時可以開走的狀態。他吞了一口口水，但還是覺得喉嚨很乾。
這段等待的時間似乎相當漫長，坐在副駕駛座的潤也忍不住低聲說：「怎麼這麼久……」

不久，房子的窗戶突然變得明亮，伴隨著「轟」的一聲，光線整個蔓延開來，很快地，窗戶隙縫中已冒出了煙。

「翔子。」有介忍不住地喊叫。

這時翔子從玄關處飛奔出來。拓馬打開後座的門，她坐上車的同時，有介踩下油門。

「完成了。」

說完翔子把打火機還給潤也。她的臉色鐵青。

有介加速行駛。在深夜的山路中，他不知不覺地將油門越踩越用力。一面用餘光看著後照鏡中燃燒的別墅，一面使勁地打著方向盤。

3

她注視著影像中男子屍體燃燒的畫面。

火苗從地板、牆壁，到天花板，簡直就像生物繁殖般擴散開來，男子的身體逐漸被包覆其中。儘管亮白色的火焰吞噬了整個畫面，她的視線仍一刻也沒離開過。直到連接監視器的電線被燒毀以至於畫面消失，她依然持續地看著。

影像的畫面中斷後，她按下操作的按鈕，將剛剛的錄影帶倒帶。倒回一開始四人入侵房子的畫面。

監視器被裝置在屋內的四個地方。玄關跟屋裡各一個，屋內一樓大廳跟書房各一個，每個監視器都被巧妙地隱藏起來，所以入侵者始終沒有發現。

她在電腦螢幕中找出這四個人臉部清晰的畫面，複製之後，用旁邊的印表機把影像列印出來。

入侵者是三個男人和一個女人。

她專注地看著每個人的臉。其中三個男人的臉沒有見過，倒是這個女生似乎有點印象，不過那也是好幾年前的事了。當時她還是個孩子，而那個女生也像她一樣嬌小，但年齡卻比她大上十幾歲。

再次看著那四個人的臉。

就是這幾個人殺了他……

殺了他，還放火燒！

她再度切換開關，再讓監視器畫面顯示在電腦螢幕上。接著從抽屜中取出磁碟片放入硬碟中。男子跟她說過，這個磁碟片存著她的「同伴」的名單。

她敲著鍵盤，瀏覽著名單中的內容。

過了幾分鐘，她便順利找到關於這四個人的資料。這名單中只有五個日本人，而且其中一個最近死了，就是名叫AKIRA OGASAWARA的男子。

她將四個入侵者的資料印出來。

安生拓馬　TAKUMA ANJO
丹羽潤也　JUNYA NIWA
日浦有介　YUSUKE HIURA
佐倉翔子　SYOKO SAKURA

以上這四個人最近都在體育界相當活躍，不僅留下許多亮眼的成績，現在也以此為基礎在各自的領域發展。

她把印出來的資料摺好，放在胸口收進連身衣裡。然後取出磁碟片，像是對待仇人般，用雙手狠狠捏碎。

她走向入口的門，又拉又推，但是金屬製的門卻一動也不動。這扇門是特別為她設計的，就算她擁有超人的力量，還是沒有辦法打開。

終於，她還是回到房間角落，用毛巾裹住自己的身體橫臥在床上。然而，在她身上完全看不到一輩子都出不去的恐懼。她平常就是這樣一直被關在這個房間，她相信只要繼續等下去，總有一天這扇門會打開。直到現在他已死去，她依然深信不移。

4

山中湖一帶的別墅大火發生在九月十日凌晨。報警的是附近經營旅館的一位男子，根據這個男子的描述，當他發現時火勢已經相當大了。

消防隊隨即趕往現場滅火，但要完全熄滅需要花一段時間。道路狹窄，造成消防車要進去有些困難是原因之一，不過房屋燃燒的速度比想像中快還是主因。所幸火勢並沒有延燒到周圍的樹木，傷害降到最低，相關人員認為這是消防人員的功勞。

幾乎燃燒殆盡的屋子裡，發現了一具成人屍體，性別不明。屍體很快就被轉送法醫解剖。

別墅後面有一間用水泥搭建，類似倉庫的建築物，只有通風口完全沒有窗戶，金屬門是唯一的入口。一位消防人員試圖打開，但因為上鎖，這道門一動也不動。經過判斷裡面應該沒有人，就索性放著不管了。

隔天，解剖報告出爐，屍體內取出了兩顆子彈。據了解，這名死者的呼吸道並沒有吸入碳粒，呼吸道黏膜也沒有因為吸入高溫空氣而產生變化；再者，血液中也無一氧化碳的反應。種種跡象顯示，火災發生之前，被害人已經死亡。

得知這些消息，山梨縣警察突然變得風聲鶴唳，單純的火災案情大逆轉，成了一樁殺人案件，因此在轄區的警局裡設置搜查總部進行調查。

首先，從死者的身分開始調查，這倒沒有花太多時間。第一，屋主的行蹤不明，所以就先調查死者是否就是屋主本人。後來發現了約一年前牙醫的病歷表，顯示屋主和死者的齒型一致，這才確定了被害人的身分。

這個男子名叫仙堂之則，五十六歲，本籍長野縣松本市，兩年前夏天開始住在發生火災的這間房子。周圍都是別墅地，跟附近的人沒有任何往來，職業不明。

不過，在死者身上已燒焦的衣服裡發現了一把鑰匙。和一般住家使用的鑰匙比起來，這把鑰匙感覺比較大且粗糙。「這是什麼鑰匙呢？」搜查總部的會議室裡，縣警總部的山科警部[1]看著每個人問道。

「應該是房子玄關的鑰匙吧？」

轄區刑事課的資深刑警說道。山科注視著鑰匙，微晃尖尖的下巴。

「如果要出門那就另當別論，在家裡會把鑰匙帶在身上走來走去嗎？」

站在旁邊的幾個刑事同意地點了點頭。

「該不會是?!」

終於，有一個人恍然大悟似地拍了一下手掌。是縣警總部來的紫藤巡查部長，剛滿三十歲，在山科的組裡算是年輕的一位。

1.日本警察的其中一個官階。本書中提到的官階排列由高至低排列如下：警視監↓警視↓警部↓巡查部長↓巡查。

「會不會是房子最裡面的那個倉庫的鑰匙？」

紫藤問道。山科也點點頭。

「有可能。不管怎樣那個倉庫一定要查清楚才行。好吧！就先去確定這是不是那間倉庫的鑰匙好了。」

語畢，山科便把受熱而有些氧化的鑰匙交給紫藤。

紫藤從會議室出來，看著走廊有位警官走過去，是案發現場附近派出所執勤的年輕員警。紫藤把他叫住。這名員警剛好到局裡辦事，正好要回去派出所。

「這個可以麻煩你嗎？」

紫藤拿出剛剛那支鑰匙，並請他到發生火災的屋子最裡面的那間倉庫確認一下。年輕的員警爽快地答應：

「我知道了。一有消息我會馬上通知你。」

「那麼就麻煩你幫忙了。」紫藤把鑰匙交給員警後，再度回到會議室。關於死者仙堂之則，需要調查的事情太多了。

吉村幸雄到現在的派出所服務剛滿半年。當初就是因為想當刑警才踏入警界，填寫分發志願時也寫得很清楚，但不知道是上級認為自己不適任，還是成績不夠理想，他並沒有被分發到自己志願的職務。不只這樣，他還被分派到最不想去的派出所執勤。

即便如此，他還是沒有放棄希望。他認為當年只不過是志願沒有傳達上去，只要忍耐個幾年，還是會有轉調分發的機會。只要可以當刑警，多偏僻的地方他都願意去。

他就是這麼嚮往刑警的工作。而這次正好有機會讓他接觸殺人案，他簡直欣喜若狂。雖然只是確認鑰匙吻不吻合的簡單工作，但比起製作遺失物品的文件、喝酒應酬等等，他倒覺得這比較像警察做的事。

吉村先回派出所，但是他並沒有對派出所的前輩提起鑰匙的事情，就再度獨自出門去了。他怕貿然說出口，這個可以體驗刑警感受的工作可能會被搶走。

往案發現場的路上，一連有好幾個上坡，於是他牽著自行車用走的過去。火災剛發生後的案發現場，那些議論紛紛的人們早已經散去，現在一個人也沒有了。

他緩緩地取出口袋中的鑰匙，靠近那間看起來像倉庫的建築物。真的是越看越覺得奇怪的建築物。如果是儲藏室，看起來又太大了；如果是倉庫，入口又太小。而且還蓋在這樣的別墅後面，感覺特別詭異。

門是金屬製的，門上有個很大的門把，下面有個鑰匙孔。吉村把鑰匙插了進去。完全吻合！光是這樣就讓他雀躍不已。再往右轉，雖然有點卡，但不難轉動。

「成功了。」

他興奮地忍不住出聲。轉動門把拉開門，很輕易地就把門打開了。然而當他試著踏進去時，他馬上失望了。因為面前又有一道門，也上了鎖。

沒辦法了，先打電話吧。吉村這麼想著，一邊往外走時，突然改變心意再度面向著這扇門。他拿出剛剛的鑰匙看了一眼，心想，難道可以共用嗎？

吉村插入鑰匙，這次也是完全吻合。同樣試著轉動，一如他所預期，金屬鬆脫的觸感從他指尖傳來。

他打開門，裡面一片漆黑。伸手觸摸牆壁尋找電燈開關，卻找不到。不過就算有，大概也因為火災的關係斷電了吧。

不一會兒，眼睛漸漸適應了黑暗，模糊之中稍微看得見室內的樣子。室內放置著體操用的墊子和槓鈴等訓練儀器。這下子他明白了，原來這裡是健身房。有些有錢人會在家裡裝豪華立體音響設備，甚至還有地下避難所，所以有間健身房也不是什麼奇怪的事情。

吉村室內繞了一圈。雖然說有健身房不奇怪，但他總覺得這裡的設備完整得很誇張。姑且不論腹肌鍛鍊器材和槓鈴，還有許多像工廠裡大型機器的健身器材，樣式齊全的程度一點也不尋常。到底是什麼樣的人在使用這間健身房呢？

正當吉村往出口走去準備打電話時，裡頭發出「喀沙」，像是拉扯布的聲音。吉村吃驚地停下腳步。

他心想，是老鼠吧！別墅區很多人會留下廚餘，這裡應該常會有老鼠。

吉村往聲音的來源靠近。那裡有一張小床，他覺得應該是小睡用的。

他想起口袋裡有拋棄式打火機，於是取出來點亮。床上兩條毛毯胡亂地捲成一團，他認為剛剛可能還有人躺在這裡，於是就學電視上演的那樣，伸出手摸摸看是不是有人的體溫殘留在床上。不過就算這麼做，他還是分辨不出剛才到底有沒有人睡在這裡。

這時，有東西落在他的頭上，是水泥細沙。吉村高舉打火機，仰望天花板。

抬起頭的那一瞬間，他忍不住驚訝地睜大眼睛，張大嘴巴準備哀號，但是他發不出聲音。眼前的景象讓他過於驚恐，只能不斷地顫動著下顎。

一隻巨大的蜘蛛黏在天花板上。

不，雖然看起來像蜘蛛，但其實是個不折不扣的人。

眼前的巨型黑影往吉村飛撲過來。他試著拿起手槍，卻為時已晚。當他回過神，雙手已被對方的腳箝住，不僅如此，對方的手指還掐住了他的脖子。

撞擊與對方的體重讓他往後倒去。他死命地設法擺脫，但敵人的腳仍纏住他身體一動也不動，而且毫不留情地用怪力緊勒著他的脖子。

在失去意識之前，吉村看了對方一眼。黑暗之中，完全看不清楚敵人的臉，只知道對方那雙眼睛正向著他。那眼神如同白色玻璃塗上黑色，不帶任何情感與溫度。

這一瞬間，吉村覺得對方可能是女生。然而，他已經來不及確認了。

吉村巡查的屍體是在當天傍晚被發現的，發現的是同派出所執勤的前輩巡查。搜查總部打電話來詢問有關鑰匙是否吻合，因此前輩到火災現場找吉村，卻發現他倒在這個建築物裡。

除了搜查總部的調查人員，還有一些負責蒐集情報的員警也來到現場，大家在搜查一課課長加藤、山科警部的指示下進行現場搜查。

當然，注意到這不尋常事件的記者也急忙趕來，現場的騷動持續了兩天。

「這究竟是怎樣的建築物？」

山科環顧室內，小聲地說。外觀看起來像倉庫，裡面卻是設備最先進的健身房。

「如果是個人興趣而搭建，未免太大了。」

對於下屬的想法，山科點點頭。

案發現場大略檢視完畢後，吉村的遺體被抬了出去。雖然真正的死因還得轉送解剖才能確定，但任誰都能清楚看見他脖子上的勒痕。

站在山科一旁的紫藤脫下手套，雙手合掌面向擔架，說：

「感覺就像是自己死了一樣。如果當初不委託他，就不會發生這樣的事情了。」

「這樣被殺的就會是你！」

山科用沒有起伏的聲音說：「不過吉村自己也有過失，只要在確認鑰匙吻合的時候打電話過來就好了。一個人闖進來實在太大意了……」

「誰也沒想到這樣的建築物裡面會有人啊！所以也不能說是他的錯。」

「但事實就是有人，而且那個人還把吉村殺了。反正，你現在懊惱也於事無補。」

說完，山科試著舉起旁邊的啞鈴。那是單手用的槓鈴，但他只讓槓鈴一端稍微浮起，沒有辦法完全離地。
「不玩了，可能會閃到腰。不過，這是幾公斤啊？」
山科拿著微髒的手帕擦拭額頭上冒出來的汗水。
一旁的刑事也挑戰看看，還是無法舉起。
「好像不是仙堂在用的，從那個男人的體格看來，他舉不動這種東西吧。」
「所以說，住在這裡的人舉得起來囉？」
幾乎完全可以確定的是，有人藏匿在這間建築物裡。吃過的罐頭跟微波食品散落一地，角落的浴室和廁所都還沒完全乾。
「山科先生。」
檢查入口附近的搜查員走了過來，說：「打擾一下。這扇門的鎖有點奇怪，外面鎖上之後，從裡面是打不開的。」
「這樣啊！」
山科望著門上的手把，說：「外面的那扇門也是這樣嗎？」
「不，那扇門從裡面可以開。」
「喔。」
山科邊搓揉下巴，邊詢問旁邊的紫藤：「你覺得是怎麼回事？」但從山科的表情看來，他心裡似乎有底了。

「原本有人被關在這裡。是不是這樣？」

當紫藤的想法跟他一致時，山科用力點了兩次頭。

「應該是這樣沒錯，而且那個人已經逃出去了。」

「到底是什麼人呢？」

「總之先蒐集有關仙堂的情報。不，在這之前，麻煩也安排一下，設法佈網逮捕殺了吉村的犯人。」

山科咬了咬嘴唇。

佈網是指在山中湖周邊部署緊急戒備，在國道沿線以及重要據點分配更多的警力。而當晚開始搜查總部會進行擴大搜索，並由署長坐鎮指揮。

吉村巡查被殺，對搜查相關人員造成相當大的打擊，但並不只是因為警察的威信受到威脅，這麼單純的理由而已。

發現屍體的同時，他們發現一件更嚴重的事——吉村的槍被拿走了！

5

吃完晚餐，在文字處理機前坐了兩個小時，卻一次也沒有敲打鍵盤，有介完全沒辦法集中精神。果然還是不行，他萌生了想放棄的念頭。

坐在椅子上大大地伸懶腰。這時正好傳來敲門聲。

「要喝茶嗎？」

小夜子在門外問著。有介在工作的時候，小夜子絕不會進去打擾。

「我正這麼想。」

他關掉文字處理機，從椅子上站起來。

走到客廳，桌上已準備好紅茶跟起司蛋糕。有介坐在沙發上端起茶杯，小口啜飲後看著小夜子。她面前放著自己喜歡吃的蛋糕，專注地翻閱雜誌。

「妳在看什麼？」有介問。

「我在看這個啊。」她把封面給有介看，是媽媽月刊。

「妳已經在看這個啦？」

「現在不看也沒時間啦。」

「……也對。」

一邊用叉子切開起司蛋糕，有介看了看小夜子的肚子。已經三個月了，但也看不出什麼變化。

一年前，他和小夜子結婚。她在出版社打工，兩人因而結識、交往。

結婚同時，有介在三鷹買了這間公寓。雖然不像以前住在吉祥寺那麼方便，但三房一廳一廚的空間，還是讓他覺得現在的生活環境好多了。只要能繼續保住體育記者這個飯碗，兩個人便能持續如此安穩的生活。

有介心想，要好好守住這一切，無論如何都一定要守著這個家。看到小夜子現在這麼幸福的模樣，絕不能讓她覺得和自己結婚是一件後悔的事。為此，他什麼都肯做……

「最近工作如何？還順利嗎？」

小夜子闔上雜誌問有介。有介正在整理一個名棒球選手的傳記資料。

「噢，還可以囉。」

說完，有介打開電視。也算不上不順利吧……

電視正在播報新聞。有介很想知道那件事的後續發展如何，昨天晚上只說是單純的火災，今天的午間新聞就成了殺人案的報導。不過到目前為止都還是預料中的事，畢竟只要根據屍體解剖或是其他的鑑識工作，就可以輕易發現仙堂遭槍擊的事實。

接著政治新聞播報後，出現了「別墅火災現場，警察遭殺害。」的跑馬燈。有介一時還沒有聯想到是跟自己有關的事件。直到新聞主播播報接下來的報導，他才恍然大悟。

「昨天的這個時間為您報導了一則在十號凌晨，山中湖的一棟別墅中發生一起原因不明的火災事件。但今天根據山梨縣警察的調查，發現死者在火災前就遭人開槍殺害，並且今天午間，一名員警進入現場附近的建築物，卻遭人勒死。該名員警的槍枝已被偷走，山梨縣警方正全力搜查當中。接著我們來看上田先生的報導，上田先生……」

接著切換到男性記者報導的畫面，記者就今天的事件開始重點式地說明，播報的內容提到初次調查的不完備，以及員警疏失等等……

「喂，你怎麼了？」

聽到小夜子的呼喚，有介這才回過神來。原來他只顧著看電視，叉子插在起司蛋糕上到現在都還沒吃半口。

「發生什麼事了嗎？」

小夜子一臉疑惑地問他。

「沒事，只是覺得這個報導滿有意思的。」

有介把蛋糕送入口中，但卻食之無味。居然有警察被殺？這到底是怎麼回事……

「是沒錯，但如果是當地人，應該不會覺得有趣了。想到持槍的歹徒逍遙法外，大概連覺都睡不好了吧？看來在事件解決之前，還是不要到那一帶去比較好。」

「別擔心，最近不會去那裡的。我吃飽囉！」有介站了起來，盤子裡的蛋糕還剩一半。

「不吃了嗎？」

「嗯，剩下的給妳。」

回到房間，有介在電話簿中找出潤也的電話號碼，按下手機的通話按鈕。電話響了三聲後，潤也接了起來。

「我正打算打電話給你。」

潤也說道，他的口氣有點嚴肅：「你看到新聞了吧！」

「到底發生什麼事了？到底是誰幹的？」

有介用手捂住聽筒，說得有些急促。

「所以才想找你們談談。其實剛剛翔子也來過電話，好像有什麼話想跟大家說。」

「翔子？她有什麼想法嗎？」

「大概吧！你現在可以出門嗎？」

「應該可以。」

「那來我家好了，盡量不要讓別人看到。」

「好，知道了。」

掛掉電話後，有介拿著外套走出房門。他說要出門一下，小夜子有些驚訝。

「這麼晚了耶，要去哪裡？」

「去潤也那裡，想請教他一些事情。可能會很晚，妳先睡吧！記得門窗要關好。」

留下欲言又止的小夜子，有介步出公寓。本想搭計程車，但今晚應該不會喝酒。心念一轉走往停車場的方向。

潤也在高圓寺租了一間單人套房，從早稻田大道再往裡面走一點就到了。從學生時代就一直住在這一帶，捨不得離開。

聽到敲門的聲音，潤也前來開門，神情有些嚴肅。

「進來吧！其他兩個人已經到了。」

「真快。」

有介走了進去。拓馬席地盤腿而坐，翔子則坐在房間另一角的床上。拓馬穿西裝的樣子，有介倒是第一次看見，原來這就是運動俱樂部年輕董事的模樣。翔子一身POLO襯衫與牛仔褲的樸素打扮，自從電視報導了那則新聞之後，她比任何人都想掩人耳目。有介發現，翔子手上還拿了一副墨鏡。

簡單打聲招呼後，有介在拓馬的旁邊坐下。

「要喝點什麼嗎？不過其實我家也沒什麼好招待的。」潤也一邊說，一邊看著大家。

「我不喝。趕快進入正題吧！畢竟我們為了這個來的。」拓馬低聲說道。

「我也是這麼想。」有介接著說道。翔子也無言地點點頭。

「好吧！這樣的話，那我們就進入正題吧！大家都看到晚上的新聞了吧？那麼，應該都會有同樣的疑問。那是誰？是誰殺了警察？」

「就是因為想知道才來這裡的，」拓馬說：「你不是要告訴我們？」

「不是我。我在電話上已經說了，是翔子有事要說。」

講到這裡，潤也靠著牆壁坐下。三個男人圍著翔子，翔子低著頭，下定決心似地毅然抬起臉，深呼吸之後說：

「我想，那大概就是……仙堂的秘密武器！」

「秘密武器？什麼意思？」

潤也歪著頭問。

「之前仙堂說過，他會訓練一名Heptathlon選手。」

「Heptathlon？」

對於拓馬的疑問，有介回答：「就是女子七項全能。」第一天進行百尺跨欄、跳高、擲鐵餅、兩百公尺賽跑；第二天進行跳遠、拋槍、八百米賽跑，是一種用各項目的總成績分勝負的女子競賽。

「喂！這可不是開玩笑啊。所以是那個女的幹的嗎？是那個女的勒死警察的嗎？」

潤也雙手一攤，用嘲諷的表情說道。但是翔子認真的神情沒有改變，接著說：

「她不是普通的女生。她從小就被仙堂帶在身邊……當然不是用正常的方式養育吧。仙堂一定對那孩子做了許多我們無法想像的事。」

「這麼說來，我也有耳聞，」拓馬說道，「我之前也聽說過仙堂和一個小女孩一起生活，那時候我們都還在加拿大吧。」

「加拿大……」

有介嘀咕著，陷入沉默，他回想著在外國那段時間的事。其他三人也同樣地各自陷入沉思當中。

「我看過那個女孩。」

翔子微微地歪著頭說：「不過已經是十年前的事情了，仙堂帶她到訓練中心，當時她好像才八、九歲。」

「訓練中心嗎？原來是這樣。」

潤也有意無意地嘆了口氣。訓練中心這四個字，都在他們四個人心中造成了陰影。

「總之，」拓馬說，「仙堂的身邊有一個這樣的女生，而且這女生一定擁有被仙堂視為秘密武器的肉體。」

「看來她之前就住在那棟建築物裡面。」

有介想起在別墅最裡面有間看似倉庫的建築物，「原本還不曉得那裡面是做什麼的，真沒想到居然是在做人體改造。」

在決定潛入仙堂的別墅前，有介已經先監視過幾天。結果得知仙堂將近有半天的時間都在那間建築物裡面，特別是晚上，都會待上好幾個小時都沒出來，因此最後才決定要在晚上潛入。

「翔子，那個女孩叫什麼名字？」

潤也問道。翔子搖頭說：

「不知道，仙堂沒說。他只是很激動地說，只要讓這個選手上場，一定會令全世界聞風喪膽。強勁、敏捷……就像tarantula一樣的女孩。」

「tarantula……毒蜘蛛？」有介嘀咕著。

「總覺得很可怕。」拓馬皺著眉說道。

「問題並不是可怕而已，」潤也一臉嚴肅地瞪著有介他們說，「問題是這個毒蜘蛛逃出去了，勒死了一個警察，還奪走警察的槍。你們覺得毒蜘蛛接下來會有什麼行動呢？」

「來殺我們嗎？」

有介睜大雙眼說著。

「可以想見……」翔子說。

「不是可以想見，我覺得肯定是這樣的，不然她不會偷走槍。」

「可是毒蜘蛛她知道是誰殺了仙堂嗎？」

對於拓馬的質問，有介反覆地思考。然後「啊！」了一聲說：

「有監視器。仙堂會發現我們潛入，一定是因為有監視器的關係。也許他裝在別的地方，比如說書房，這樣就能看到我們的一舉一動。」

「那個女孩就會看到自己主人被殺的樣子，當然也一定會記得我們的長相吧！」

說完，潤也便不動聲色，只用眼睛窺探其他三人的反應。

「如果這樣的話，那她的目標是我。是我開的槍。」

翔子語調緩慢，大概是在故作鎮定，但表情仍相當緊繃，態度一點也不從容。而且她的手指一直用力，手上的太陽眼鏡幾乎快碎了。

「不，我可不這麼認為。」

有介說：「如果那個女的什麼都看到了，那她應該知道，仙堂的仇人不只有妳一個。所以她要動手的話，應該不會放過我們任何一個人。」
「我也是這麼想的。是我們一起放火燒了那間屋子的，我們都是共犯。」
潤也說完後苦笑。
「就算你們這麼說，也很難安慰翔子啦。反正，比起覺得只有自己一個人會遭到攻擊，多點人也比較不害怕吧。」
「對不起，都是因為我殺了仙堂……」翔子沮喪地低下頭。
「不要再這樣說了。」
有介揮揮右手，故意假裝厭煩地說著。
「話說回來，那個女的要怎麼找到我們住的地方呢？」
拓馬問大家。然而一時之間似乎誰也沒有頭緒，只有沉重的靜默悄悄流逝。
「難道說……那個房間裡有？」
有介開口，其他三人都看著他。有介繼續說：「也許那房間裡有我們的資料。只要那個女的知道我們的長相……」
「很快就可以查到其他資料。」潤也附和道：「只是不曉得那資料庫裡究竟有多詳細的資料。有介最近剛搬家，應該不會記錄吧……但還是有可能查出來，只是遲早的問題。」
「要是那個房間裡真的有資料，或許警察會比這個女的早一步來找我們。」
翔子提出了另一個問題。這的確有可能，潤也跟拓馬拉長了臉微微點頭。有介說：

「警察進去那個房間也過一段時間了，如果查到什麼資料，應該早就跟我們其中某個人聯絡了吧……到現在都還沒消沒息，是不是表示那房間裡應該沒有留下任何資料了？」

「希望是這樣。」潤也說道。

「很有可能喔。也許她把資料帶走了，不然，就是把資料給銷毀了。」

「只能祈禱是這樣了。」

潤也拍了拍膝蓋順勢站起身，「總之，我們現在差不多掌握事情的來龍去脈了。逃出去的毒蜘蛛非常可能會來找我們，只是時間的問題罷了。重點是，到時候該怎麼辦？」

潤也一提出問題，拓馬立刻回答：

「這不需要想，辦法只有一個。對方可是知道我們全部的事情啊。」

「拓馬……」

有介無話可說，只能注視著這位前舉重冠軍的側臉。

「還有一件很重要的事情，」拓馬繼續說道，「如果毒蜘蛛被警方抓到，那我們也完了，知道嗎？所以我們不僅要小心那傢伙，也要祈禱她沒事……」

6

吉村巡查靈前守夜，在他甲府老家附近的廟裡舉辦。紫藤在甲府車站買了一條黑色領帶繫上，前往參拜。署長等重要官員明天才會出席告別式，可是他沒有辦法這樣等下去。他希望能夠儘早去向吉村弔唁致歉，並且發誓一定要幫他報仇。

在接待櫃台的男孩子看起來都不超過二十五歲，不僅如此，排在紫藤前後的也都差不多是這個年紀的人。從他們的談話中得知，他們應該是吉村高中和大學的朋友。紫藤這才知道吉村原來如此年輕，對於被剝奪的這條寶貴生命感到更加痛心疾首。上香的時候，紫藤看到吉村的雙親，年紀也不大，約五十歲左右。坐在旁邊的應該是吉村的妹妹，只見她用手帕摀著眼睛，像玩偶般一動也不動。

上香後，紫藤前往準備好壽司和茶飲的房間。他聽到吉村那些年輕的友人語重心長地交談，其中一個小聲地說：「警察果然不好當啊。」另一個也附和：「雖然說是因公殉職，可是畢竟人死不能復生嘛。」紫藤只喝了一口啤酒就出去了。

紫藤在車站等電車，感覺有人走到他旁邊。一看，山科微笑地站在那裡。

「組長……您不是明天才要來嗎？」

「我們跟那些大人物不一樣，白天搜查總部根本空不出時間。」

說著山科右手拿出口香糖。山科正在戒煙，所以紫藤在他面前不抽煙。

「不，謝謝。」

微微揮手拒絕後，紫藤嘆了口氣說：「往生者還這麼年輕，守靈跟葬禮一定讓人感到格外心痛。」

「你自己不是還年輕得要命，幹嘛這麼老氣橫秋？」

「他父母大概幾歲呢？我看頂多年過五十，還不到六十歲。總之是兒子踏入社會，兩老終於能喘口氣的時候。」

「悲傷也是於事無補。對父母親來說，孩子不管是剛出生就夭折，還是成年之後過世，白髮人送黑髮人的悲痛是一樣的。」

「他們一定很後悔兒子當了警察吧？」

「紫藤，」山科望著遠方說：「別想了。」

「反正想了也沒用。」紫藤聳聳肩，微微苦笑著說。

「聽說是個醫生。」山科說。

「什麼？」

「我是說仙堂。」

「噢……沒錯。他們家族歷代都務農，但是因為他父親當上了醫生，所以仙堂也步上醫生的路。」

今天，紫藤去過仙堂的出身地松本市。這一帶都已經住著其他的人家了，但附近還是有幾個人知道仙堂家的事情。根據他們的描述是，在二十年前左右這裡有一間醫院，但是後來院長夫婦相繼過世，醫院也就被拆掉了。

「仙堂為什麼沒有接掌醫院呢？」

「這個就不是很清楚了。但附近居民說，在醫院倒閉的前幾年，他就離家出走沒再回來，好像是到國外去了。」
「國外？哪裡？」
「這還不曉得。」
紫藤搖搖頭，這時電車正好進入月台。
兩人並肩踏入車廂，恰巧有空位，兩人可以並肩坐在一起。
「這種事情查一下馬上就會知道了吧。對了，上次在別墅一帶打探消息時，向清潔公司問到了一些事。」
「什麼？」
「那裡的社員每三個月會到客戶那邊清理化糞池一次。這個夏天他們去那間屋子的時候，好像看到可疑的人影。」
「可疑的人影？什麼意思？」
紫藤對於不得要領的說法皺了皺眉頭。
「好像很人高馬大，但因為一下子就躲了起來，所以並沒有看得很清楚，不過應該有一百九十幾公分。是男是女就不知道了。」
「應該是男生吧！」
紫藤就一般常理回答。

「除了那個巨人般的身影之外，他們就沒看過其他可疑的人了。我想那應該就是被監禁在倉庫的人吧！」

「原來如此。如果兇手這麼高大，要勒死一個警察也許不是什麼困難的事情。」

紫藤拍了拍自己的胸口。西裝內袋裡的東西，是剛才去上香時喪家回贈的答謝禮。他問山科：

「那個像是健身房的房子裡，有沒有什麼線索？」

「到目前為止還沒有。雖然有電腦跟錄影帶，可是磁碟片跟錄影帶的內容都被銷毀了。對方真的很小心。」

「仙堂為什麼要蓋那棟建築呢？」

「天曉得。不過，根據目前調查的結果，仙堂在兩年前買了這個別墅。以前的屋主說別墅最後面原本有個倉庫。仙堂就把那棟小屋改造成現在的樣子，訓練機器應該也是在這兩年搬進來的。」

「我還滿好奇他的錢從哪裡來的。這些器材每一台都很貴吧！」

「目前還在調查當中，只能單方面從銀行帳戶查起。不過這次火災把別墅燒得片甲不留，現場也沒有發現存摺之類的東西。」山科懊惱地說。

「所以火災後的現場，也沒發現什麼貴重的東西囉？」

「對。不只這樣，還找到一些類似畫框的東西，可是裡面卻沒有畫，看來是有人偷走了。」

「這麼說，殺了仙堂的可能是強盜囉？為了毀屍滅跡，才放火燒了屋子。」

「或許也可以這樣想。」

山科用指尖壓了壓兩側的太陽穴，說：「這不是單純的事件。」

一回到搜查總部，只見大家一陣騷動。

加藤搜查一課課長看見山科，對他招了招手。紫藤也靠過來。

「我正打算要跟你們聯絡。附近有一間別墅遭人破壞了。」

「在哪裡？」山科語氣激動地詢問著。

「距離火災現場約五百公尺的地方，那棟別墅遭人破窗而入。現在正在跟屋主聯絡。」

「我馬上過去。」

山科正打算出去，紫藤跟在後面。可是課長從後面叫住他們：「等一下。」

「鑑識課剛剛送來最新的報告，去之前先看一下吧。是在吉村巡查命案現場中掉落的毛髮的調查報告。」

山科讀了一遍資料後，眼睛瞪得好大。

「是女的？」

「對。」課長沉著地回應山科：「現場採集到的毛髮有三種。有兩種屬於男性，一種是女性。其中一個是吉村的毛髮，剩下的其中一個可能是仙堂的，所以被關在這個房間裡面的是女的。」

「一百九十幾公分的女生？」

紫藤一邊說著，一邊想像她的模樣。

7

在麥當勞停車場啃第三個漢堡的時候，她聽到附近車上的收音機報導著九點的整點新聞。

「昨天在山中湖火災現場發現一名警察遭人殺害的消息，遭殺害的員警吉村幸雄，今天在甲府市自家附近的寺廟舉行守靈儀式，寺廟前聚集了許多前往弔唁的人。而兇手依然逍遙法外，警察仍持續進行調查，詢問附近的民眾，並尋找目擊者。接著，關於之前高爾夫球場貪污案……」

播報員的用語八成以上，少女都能夠理解。日文基本上是沒什麼問題，只是光從新聞是無法判斷警察追蹤到哪裡。

不過她聽不懂「守靈」這個字。從前後文得知，這個意思應該跟葬禮一樣的意思。反正她也沒什麼興趣，所以不需要做過多深入的思考。

殺了警察，從「籠」中逃出後，少女闖空門潛進附近的別墅。她的目的是衣服，她知道穿著訓練用的黑色緊身連衣褲在外面行動非常危險。

別墅是小木屋形式，停車場沒有車，也沒有人。她在別墅的後面繞了一圈之後，打破玻璃進入屋內。

屋子裡整理得很整齊，寬敞的客廳裡木製的桌椅整齊地陳列著。廚房流理台也很乾淨，碗盤全部都收在碗盤架上。

她沒想過要打開冰箱。在訓練室的日子一直都吃高熱量的食品，現在並不覺得餓。再加上身上帶著仙堂放在訓練室的錢，只要她想吃，隨時都可以去買。

她走進二樓的臥房，打開衣櫃其中一扇門，裡面放的全都是生活用品，沒有她想要的衣服。

下了樓梯，走到地下室，那裡是倉庫。角落那台變速自行車吸引了她的目光，走近仔細一瞧，是二十一段變速的越野登山車，輪胎很細，看來車主不只玩越野，其他時候也會用來代步。她試著舉舉看，約有十二、三公斤重。跨上感覺很合臀，只是發現坐墊位置有點低，於是她下車把鞍座調到適合自己的高度。

在幫自行車灌氣的時候，她留意到倉庫角落的籃子，裡頭有一件紅、白、藍三色相間的運動外衣，還有深藍色賽車短褲、自行車手套、運動墨鏡，以及一頂隨意掛著的紅色鴨舌帽。她脫下原本訓練用的裝束，換上新的裝扮。屋主應該是高個子，不過，對少女來說，這身衣服雖然合身，但還是有點小。她戴上運動墨鏡跟帽子。

她拿起吊在牆上的行李包，仔細看了一下。裡面放著附近道路地圖，上面清楚標示了健行路線和自行車道的路線。她把地圖放進口袋裡，並把剛剛脫下來的緊身連身衣塞入包包揹在背後。完成這些簡單的裝備，她扛著自行車上樓。

看著地圖將路線背起來之後，她離開別墅。天還很亮，她從容地踏上旅途。

少女選擇的路線是從三國峠經過明神峠，進入靜岡縣的小山町。她幾乎不懂漢字，所以什麼峠、什麼町對她來說完全沒有意義。

這條路線會接上國道，而這條國道上有「往東京」的標示。東京是少數她會讀的地名之一，發音是「TOKYO」，而潛入別墅的那四個人的地址上頭也寫著「東京」。

出山中湖後立刻遇到上坡路段，然而這坡度對她來說不算什麼，只是自顧自地收縮著大腿肌肉，快速地反覆踩動踏板。這時，前方出現了同樣騎著自行車的年輕人。

「搞什麼啊！太猛了吧！」

她一口氣追過那兩個年輕人時，聽到他們一邊喘息一邊讚嘆的話語。

經過三國峠之後，幾乎都是下坡，路面也相當平整好騎。越野車彷彿成了她身體的一部分，輕快地奔馳著。右手邊可以看見富士山。

上國道的時候正好是黃昏。她騎上的這條二四六號道路車流量大，自行車很不好走。騎在路肩的時候，旁邊呼嘯而過的車子裡，還有年輕人出聲替她加油打氣。

太陽下山之後，她來到了一個小鄉村。這個鄉村有個小車站，車站的旁邊有個便利商店，她在那裡買了簡單的東西來吃。來日本後，這是第一次她自己一個人買東西。店員是個中年女子，看到她時顯得有些驚訝。

這一夜，她躲在附近的木材倉庫睡覺。雖然還是九月，已有幾分涼意，於是她穿上當時放在背包裡的訓練衣。

早上，她再度出發。從這裡開始的路途，在別墅拿的地圖上沒有記載。儘管如此，她還是走上二四六號道路，朝東方直奔而去。

但是騎沒多久，她就走錯路了。在松田町遇到的岔路，應該直接走二四六號線，可是她卻往小田原方向進入了二五五號線。

因為太陽的位置，她才注意到自己走錯了路。往東走的話，上午太陽應該在正前方。可是她看到的太陽卻一直在左邊沿著海岸線前進。

道路號碼變成一三五號。如果她有地圖，而且能夠看懂全部的漢字的話，她便會知道自己的位置在伊豆半島的邊緣，而且再稍微往前騎一點就會到達有名的觀光地——熱海。

她在沿途的休息站買了兩條熱狗，吃完後，上了洗手間。從旁擦身而過的男性卡車司機看見她，大吃一驚。

站在路旁，她確認太陽的位置，思考著該不該繼續往南走。她幾乎不懂日本的地理，只知道一直往東騎就會到東京。

「好，差不多該出發了。」

她身後傳來男生的聲音。一個綁著頭巾的中年男子正踏入卡車，另一人則打開副駕駛座的門。他說著：

「先去厚木，然後再去東京嗎？順利的話會比預期的還要早到喔。」

卡車發動後，繞過她身旁駛向公路，行駛的方向與她來時路相反。

她透過墨鏡看著揚長而去的卡車，隨即戴上手套，跨上自行車，用盡全力踩著腳踏板。一部小型廂型車對著突然從道路飛衝而出的自行車，猛按喇叭發出刺耳的警告。

之後，將近有一個小時的時間，她緊跟著前面那輛卡車，平均時速大約三十到四十左右。有時稍微落後，不過遇到卡車等紅綠燈的時候，她很快地又追上了。

不過後來她沒有繼續追，並非她體力耗盡，而是卡車進入了收費車道。這裡是西湘收費站，在附近她又迷路了，幸好在兜圈子的時候偶然注意到沿著海岸線往東行駛的車輛，找到了國道一號。她覺得道路號碼寫著一的，大概都會通往首都。

之後，她又一度迷路。沿著海岸線走，結果就從一號線進入一三四號線。通過江之島和鎌倉，來到三浦半島。

折返的話，怕自己又會弄錯。她一邊前進，一邊尋找「東京」的標識。有時會走進岔路，然而卻只是徒勞無功。

於是她決定折返了，且在那裡她終於發現地標。那裡寫著從這邊往北走，會到達二四六號線。二四六號線是往東京方向的道路。

她就這樣沿著一二九號線北上，來到一座稍微有規模的城鎮。這一天下來究竟走了幾公里，她自己也不知道。不過她也不在乎……

這是少女今天第三度用餐，她剛吃完麥當勞的漢堡。接下來要怎麼走還是個問題……無論如何一定要去東京，找到那四個人。

她拿出從別墅拿出來的地圖盯著猛瞧，可是上面沒有記載這一帶的路。從這裡要怎麼走可以到達東京，從這張地圖完全得不到任何提示。

跨上自行車，她還是一直看著這張不敷使用的地圖。

「妳要去哪裡啊？」

是從前面傳來的聲音。抬頭一看，一名褐髮年輕男子在紅色轎車窗戶裡對著她笑。

她從自行車上下來，一走近轎車，這名男子便驚訝地睜大眼睛看向副駕駛座。

「哇，有夠大隻耶！」他小聲說。

「我就說是外國人吧！」副駕駛座的男子說道。

這個男的一頭短髮，直挺挺地豎在頭頂上。兩個人看起來都只有十幾歲，但其實她很不懂得判斷日本人的年齡。

她摘下運動眼鏡，表示自己確實不是日本人。

駕駛座上的褐髮男子倍感壓迫地身子往後傾。

「長得很正點嘛。」副駕駛座的男子則眼睛發亮地說道。接著豎髮男子對著駕駛座的男子竊竊私語，視線盯著少女的胸口不放。駕駛座的男子聽了他的話也竊笑起來。

「妳懂日語嗎？」

男子小聲問，少女微微點頭。兩名男子似乎鬆了一口氣。

「妳想去哪裡？」

褐髮男子再度詢問。少女從外套的口袋中拿出一張紙，是那四個人的資料。她指著安生拓馬的地址給男子看。男子看著資料，問：

「有兩個地址耶，妳要去哪一個？住家？還是運動俱樂部？」

她無法回答。她不確定要尋找的目標會在哪裡，於是沉默不語。

「她該不會是聽不懂吧？」副駕駛座的男子在褐髮男耳邊說著。

「是嗎……？我問妳，妳想去哪一個地址？還是說，妳兩個都想去？」

她點點頭。她確實是兩邊都想去。

「ＯＫ，那我們送妳去吧！自行車可以放後面。」

駕駛座的男子親切地說著。她沒有想到男子會有這樣的提議，她原以為他們頂多會告訴她路怎麼走而已。

或許是他們注意到她也想上車，於是從車上下來，動作俐落地幫她把自行車放到後車廂。褐髮男子身高約略一百八十幾公分，豎髮男子比他矮十公分以上。在後車廂，兩人竊竊私語。

「我之前就想幹這一票看看。」

較矮的男子說的話傳到她耳裡。他從後車廂出來，打開副駕駛座的門，

「Please。」男子說道，示意少女快點上車。她卸下背包就近扔到垃圾桶裡，然後坐進車內。兩名男子有些驚訝地看著她這個舉動，卻也沒有多說些什麼。

「妳是從哪裡來的？」

稍微走了一段路後，褐髮男子問道。她仍直視前方，伸手指向後方。坐在後座的豎髮男子笑出聲，說：

「哈哈！她指那裡耶！」

「那裡是哪裡啊？妳現在住日本嗎？」

她點點頭。

「說得也是。不住這裡的話，妳也不會懂日語吧？那妳之前住哪裡？美國嗎？」

雖然男子沒有猜對，但她索性就點點頭。

「妳個子很高耶。我雖然不矮，但還是輸給妳了。妳身材比例也很好。」褐髮男子邊瞄著她的身體說道。

因為穿著外套，他們沒有發現她包覆在衣服裡頭結實的肌肉。

「喂！怎麼一句話也不說啊？真想聽聽妳的聲音。」

豎髮男將身子向前傾，如此說道。她稍稍回頭，用英語小聲示意要他閉嘴。

豎髮男愣了一下，臉轉向駕駛座，問：

「她說啥？」

「我也聽不懂啊。」

褐髮男子歪著頭回答。豎髮男子再度轉向少女，「沙啞的聲音還不錯喔！」說完，他的嘴角泛起一抹詭異的笑容。

少女面前有個車上的置物架，裡頭擺了一些地圖。她啪啦啪啦地翻閱著，完全不曉得要從哪一頁看起。

「妳看上一頁。對，就是那裡。」

豎髮男從後面伸出手，指著地圖上的路線說：「我們現在在這條路上。妳想去的地方叫做世田谷區，所以走二四六號，再從橫濱切到東名高速公路就可以了。」

男子手指在地圖上的路線移動，接著指向地圖的另一處，「那個住家就在這一帶，運動俱樂部大概是在附近。」

走了一會兒，車子往左轉。豎髮男子在褐髮男子耳邊竊竊私語，少女聽到褐髮男小聲回答「我知道」。

「好像有點塞車，所以我們走小路。」豎髮男子向少女解釋。

的確，這裡比剛才的車流量少了許多，很少有車輛與他們交會。不只路燈很少，周邊也沒有什麼住家跟商店，只有像倉庫一樣的建築。褐髮男子再度打方向盤，駛進一條更小的路。最後眼前出現一塊空地，上面停了幾台卡車，不見任何人影。

車子在這裡停了下來。

少女緩緩地將臉轉向駕駛座的方向。這很明確並不是目的地，她指著方向盤，示意男子趕快開車。

「別擔心，會帶妳去運動俱樂部的。」

褐髮男子說完，關掉車子引擎。沉寂之中，只聽到引擎蓋裡機器微弱的聲音，以及遠方車子行駛的聲音。

男子的眼神中閃著不懷好意的光芒。

「去俱樂部之前，先稍微休息一下吧……妳應該也不急吧？」

男子靠近少女，把手放在她肩上。這個時候少女還不懂男子在說什麼，只是看著他的臉，沒有任何抵抗。他似乎以為她也同意了，於是對後面豎髮男說：

「喂！你先出去一下啦！」

於是豎髮男悻悻然地咋了一下舌，打開門下車。

「快點結束。」

「好啦。」

等豎髮男子出去後，褐髮男子靠得更近了。他把自己的唇靠近她的唇，右手也探進了少女的外套內。
瞬間，少女展現防衛本能。
在他觸碰到自己的唇之前，她激烈地咬住對方的嘴唇。褐髮男子像遭受電擊一樣，身體向後仰倒。
他一邊哀號，一邊摀著嘴，指間滲出血來。
「妳幹嘛啊？」
男子抓住她的右腕，突然吃驚地睜大眼睛，看來他發現了少女包覆在外套下的肌肉。她抓住他的手用力扭轉。在那副高瘦體格上顯得格外纖細的手腕，硬是讓男子的肘關節發出悶悶的碎裂聲。男子臉部表情扭曲，慘叫出聲。
這時少女再次伸出手臂，抓住男子的頸部。男子試著將她的手撥開，但這點力氣對她來說完全是小兒科。少女掐住男子喉嚨的手稍施點力，他便翻了白眼。
這時車門開了。
「喂！發生什麼事啊？」
豎髮男子說這句話的同時，她正好鬆手。褐髮男子的屍體從駕駛座滾落下來。短短一、兩秒的時間，豎髮男還無法反應過來。在搞清楚狀況之後，他便一臉恐慌地逃跑了。
少女從副駕駛座下來，摘下帽子，細細的鬈髮落在肩膀上。然後她脫下外套，將口袋的手槍插入緊身連身衣的胸前。周圍一片漆黑，然而光聽腳步聲她就可以知道男子逃走的方向。她鎖定方向追了上去。

不久，大約兩公尺高的鐵絲網出現在她眼前。鐵絲網的另一端是田地，前面只有一條小路。她停下腳步，環顧四周。那裡到處堆著工廠用的棧板[2]，想必那男子一定躲在其中的某個地方。

某一棧板堆的陰暗處出現聲音，她迅速地繞到後面查看，原來只是一隻小貓。正當鬆口氣時，鐵絲網發出嘎嘎的聲響。她很快地回到剛剛的地方，約略二十公尺遠的距離，她看見男子越過了鐵絲網。男子沿著鐵絲網旁的小路跑去，她見狀也開始行動。

兩人就像隔著鐵絲網賽跑，然而勝負立刻就揭曉。男子早已上氣不接下氣，雙腳幾乎動彈不得，於是她很輕鬆地追了上來。她看到前方，鐵絲網另一邊堆著廢輪胎。

少女暫時停下腳步，隨即再度加速向前衝。她大步地向鐵絲網斜斜地跑去，眼看就要撞上網子時，少女右手往上一抬，撐著網子將身體拋轉。高大黝黑的軀體背部向下，飄然地翻越過鐵絲網，下一秒，她整個人掉在廢輪胎堆上。

只顧著踉蹌逃竄的豎髮男，似乎還沒發現剛才發生的事，看見她忽然站起時，慌慌張張地轉身拔腿想往回跑。結果男子不小心絆倒，跌在地上。她左手抓住男子胸襟高舉。

2. 裝卸貨用的板子。

「啊！放開我！」

男子抵抗著。但是這樣的力道跟剛剛的男子一樣，對少女來說一點也不構成威脅。

她用另一隻手從胸口中取出手槍，用食指拿掉扳機後面的黑色安全膠圈，再把槍口抵住男子的背。

「妳想幹嘛？」

隨著男子的喊叫，少女將手指用力一扣。剛開始忘了拉開保險，並沒有順利射出子彈，但後來她還是很快地開了槍。

伴隨著槍聲，男子的身體大幅度地彈開。同時少女鬆手，男子就像玩偶般落在地上。男子發出微弱的聲音，手腳抽動了一下之後，就再也沒有站起來了。

少女收起手槍，越過鐵絲網。這附近依然沒人出沒。她沿著剛剛的路走回去。

回到車上，她抓起褐髮男子的手腕看了看手錶，潛水錶上指著下午九點五十分。

她再也沒有回頭看屍體，逕自回到副駕駛座旁。

披上外套，戴上帽子，從置物架拿出道路地圖，撕下剛剛男子翻開的那一頁放入口袋。

她將自行車從後車廂搬出來，重新戴上手套後，踩著腳踏板往黑暗中駛去。

8

下午九點，別墅闖空門的現場調查已經告一段落。入侵者從窗邊、客廳櫃子、臥室的化妝室等，所到之處都留有指紋。緊急比對之後，判斷這指紋跟在訓練室發現的指紋是一致的。

也就是說，殺害吉村的兇手也是闖空門的兇手。

與別墅主人聯繫之後，他們表示家裡沒有什麼東西好偷的，硬要說的話，大概只有自行車比較值錢。屋主唸大學的兒子最近熱中登山自行車，有一台新買的自行車放在地下室。警方調查後發現，自行車不見了。

在別墅客廳桌上攤開地圖，山科指示屬下著手進行對附近人家的查訪。如果犯人騎著自行車逃走，很有可能有目擊者。根據目前為止蒐集到的情報，犯人身高約有一百八十至九十幾公分的女性，應該很醒目。

時間稍晚了，一般而言警方的問話都會等到天亮之後才進行。然而目前情況緊急，並沒有太多時間可以等待。隔天又是星期天，民宿或露營區的旅客一大早又會出發。

分配好查訪的工作後，員警便兩人一組出動了。紫藤和山科在別墅留守，目送他們離開。員警手上的手電筒，宛如螢火蟲的光芒般點綴著黑暗。

其實紫藤他們留在別墅，是因為別墅的屋主馬上就要到了，得請他們確認其他是否有東西遭竊才行。

「犯人騎自行車，到底要去哪裡呢？」

搜查員警消失在自己的視線之後，紫藤望著窗外發呆，嘴裡嘀咕著。

「誰知道。」

山科則癱坐在一旁的椅子上，說：「總之她一定不會一直在這一帶徘徊。她應該到了有車站的富士吉田或御殿場那一帶，這樣想應該比較合理。因為從昨天開始這一帶也沒傳出車子被偷的消息，租車店一一調查也沒有線索，所以兇手應該搭電車逃走才對。」

「那只會是單純逃走嗎？會不會是為了某個目的而行動呢？」

「什麼意思？」

「跟仙堂的死有關。」

紫藤靠在窗邊，別過頭回答道：

「姑且稱殺了吉村的兇手為X吧！那麼X一定是知道仙堂被殺了。」

「應該是。」

山科大大地點頭，說：「鑑識單位的人說，從那個房間也許可以看到別墅裡面的情形，火災現場也確實發現了監視攝影機的零件。或許她看見了仙堂被殺的情景，以及兇手的長相。」

「對。所以我認為兇手X是去找殺了仙堂的人。」

「為什麼？」
「當然是為了報仇啊，所以她才會拿走吉村身上的槍。」
對於紫藤的看法，山科發出低沉的聲音，皺著眉頭回應：
「有可能。但是希望不是這個樣子。可以的話，希望她在沒有人的地方安穩地待著直到我們逮捕她就好。」
「犯人身上有錢吧？」轄區的金井刑事詢問道。他跟紫藤差不多年紀。
「多少帶了一點。」紫藤十分確定地說：「如果身無分文，一定會先想到吃的問題。犯人躲在別墅的時候，幾乎沒有碰廚房的食物櫃跟冰箱。食物櫃裡放了幾種罐裝食品，但也沒有動過的跡象。所以她身上一定有錢，以便餓了可以買點東西吃。」
「原來如此。那犯人潛入這個別墅是為了什麼？只是為了偷自行車嗎？」
「不，潛入這間屋子之前她應該不知道這裡有自行車，但她一定是需要某些東西才會闖空門。還有，臥房化妝室的另一邊有被打開的跡象。」
「那是為什麼？你心裡有底嗎？」
一旁的山科詢問著。
「我不敢肯定，」紫藤回答：「不過我猜應該是為了偷衣服吧。」
說完。同時間，山科和金井都一副恍然大悟的表情說：
「原來是需要穿的啊！」

「兇手被關在那間奇怪的建築物裡面，可能沒什麼像樣的衣服可穿。我想她是為了偷不醒目的衣服，才潛入這裡。」

「非常有可能。」山科點頭說：「如果兇手的目的是這個，那她應該沒有達到目的才對。據屋主描述，這裡應該沒放這種的東西。」

「所以說，她就會以一身醒目的裝扮行動了。那麼富士吉田跟御殿場車站的站長或許會記得她的樣子。」

金井也提出自己的看法想讓大家刮目相看，但紫藤卻抱持保留態度，說：

「總之，等屋主來了，再詳細確認，看看屋子裡是不是真的沒有衣服這類的東西。」

剛過晚上十點，屋主終於現身。屋主姓山本，是個年過五十的上班族男子，他還在唸大學的兒子也一起過來。

「沒有，還好沒放什麼東西。房子去年剛買的，想說之後再買裝飾品跟生活用品。」

據山本先生的描述，這裡似乎沒有貴重的東西。

紫藤陪同山本先生的兒子到地下室去。確定自己的自行車不見了，大學生兒子不太高興：

「衰死了，還很新的車耶。」

「其他還有沒有什麼東西不見了？」

「這個嘛……」

男孩環顧室內。土木工具及露營用具等雜物凌亂地堆放著。

「背包不見了。」他突然發現。

「你說什麼？」

「背包，我原本掛在這裡的。這個夏天參加自行車隊旅遊，遇到午後雷陣雨淋濕了，掛在那邊晾乾，我人就回家了……哎呀……」他嘴巴微開，慌張地重新張望。

「天啊，全部都不見了……」

「全部？」

「當時弄濕的所有東西，帽子、運動墨鏡等等。」

「等我一下。」

紫藤隨手拿出筆記本。

白、紅、藍相間的外套、深藍色賽車短褲、紅色鴨舌帽、白色自行車專用運動手套、紅色的背包跟運動用的太陽眼鏡，以上都是連同自行車一起不見的，這樣就可以推測犯人逃走時的穿著了。很快地，他們把這個訊息發布給查訪的搜查員警。

凌晨零點前的幾分鐘，兩名刑警帶著重要的證據回到紫藤等人待命的搜查本部。

前一天下午四點左右，有人宣稱在三國峠一帶看到疑似兇手的身影。目擊者是住在湖畔民宿，某大學網球社的社員。那天練習完後，他們四個男女騎著自行車到處玩，後方有個騎著自行車的人追了過去，氣勢凌人。當時遇到連續上坡路段，就連每天鍛鍊身體的他們踩起自行車來都很辛苦。但那個人一點都不感到疲憊，賣力地疾駛而去。

綜合四人的記憶，那人與兇手的服裝幾乎一致。

「而且，他們四個都口徑一致地說那個人很高，絕對有一百八十公分以上。」

角刈刑事對於這樣的收穫很興奮，熱切地說著。

「那應該不會錯了吧？」

山科詢問搜查一課課長加藤的意見，加藤也點了點頭。

「她經過三國峠是要去哪裡呢？」

「走明神峠的話通常會到小山町，到那裡可以從駿河小山車站搭電車。也有路通往丹澤湖，但是這樣不管去哪裡都是繞遠路。」

看著貼在黑板上的地圖，山科一邊說道。

「所以說，不管怎樣，她都已經離開山梨了吧？」

加藤歪著嘴搔搔頭，心想這可不妙了。他接著問：「應該聯絡靜岡縣的警方了吧？」

「已經請他們協助調查駿河小山車站跟車站附近一帶的狀況。如果兇手搭電車，應該會把自行車丟在附近。」

「所以之後要靠站員的記憶嗎？但就算站員記得她，也不知道她去了哪裡啊。」

「抱歉，打擾一下。」

紫藤舉起手，說：「如果犯人不搭電車，繼續騎自行車呢？」

對於這個出人意表的發言，加藤還一時無法意會過來。接著誇張地苦笑著說：

「你是說她只靠自行車逃走嗎？」

「我認為有這個可能。兇手擁有相當好的體力，比起利用其他的交通工具，自行車對她來說機動性比較高。」

加藤覺得紫藤的看法很有道理，臉上的笑容頓時消失。然後，他看著山科問道：

「你覺得呢？」

「不否定有這個可能。」

山科回答：「她雖然打扮得很醒目，但那副裝扮騎著自行車卻一點也不會奇怪。或許她也為了避開人群，而不使用大眾運輸工具。」

「好，」加藤敲敲桌子站起來，「盡快把犯人的模樣圖畫出來，送到靜岡跟神奈川去。」

「是。」

山科強而有力地回答。當時在場的搜查員警似乎受到這聲音的刺激，也紛紛振奮起來。

不過紫藤這時心想，如果犯人真的騎自行車逃走，又體力過人的話，現在早就離開他們戒備範圍了。

9

在建築物前面，她下了自行車。

這是位於住宅區一棟中規中矩的建築物，周圍用鐵欄杆圍起，圍欄內側種了許多樹。五星級飯店般的玻璃大門緊閉，屋裡沒開燈，門的彼端顯得漆黑一片。

她站在門前環視整棟屋子。二樓還有一部分燈亮著，安生拓馬應該在那裡。

稍早，她打電話到拓馬家裡確認他在不在。這是她第一次使用公共電話，不過並沒有花很多時間摸索，很快就撥出號碼。

請問您先生在嗎？這句日文她也說得滿順的。

接電話的是安生的妻子，她說丈夫因為工作還沒回家，接著詢問少女的名字。當然，少女什麼也沒說就掛電話了。

現在她有了地圖，而且途中也有大指標，前往運動俱樂部這段路她幾乎沒有迷失方向。再說這一帶，也沒有其他佔地如此廣闊的建築物了。

她再度騎上自行車，繞到建築物後面。後面有個停車場，只停了一台「富豪」。

她脫下外套，把帽子跟太陽眼鏡包在外套裡放在自行車旁，手槍則放在緊身連身衣的胸口。

停車場周圍也有欄杆圍著。圍欄約有兩公尺高，但她還是輕輕鬆鬆就跨了過去。

建築物有個後門，她扭轉門把，發現門果然上鎖了。

即便她有再大的力氣，還是沒有辦法打開鐵製的門。

白色的「富豪」靠著建築物牆壁停放著。少女靠近車子試著窺探車內，確認這是不是安生拓馬的車。如果是，她就可以在這裡埋伏。然而光用看的並不能斷定這是否為安生的車。

即便如此，她還是聚精會神地盯著裡面看。

「喂！你是誰？」

突然背後有聲音傳來。

她慢慢地轉頭，看見背後站著一個身材矮小的男子，手裡拿著手電筒，頭戴著警帽。他看著少女，一副不敢相信似地眨了眨眼。然後用手電筒一邊照著她的身體，一邊靠近。

「妳是女生？」

男子半信半疑的表情問道，還盯著少女的胸口看，說：「妳是怎麼進來的？妳在這裡做什麼？」

少女把手放進胸口，掏出手槍。男子見狀，害怕地向後退一步說：

「住手！不要開槍啊！」

她大步地靠近男子，像是抓野貓似地一把揪住他的衣領。男子忍不住驚叫。

她拎著男子要他往前走，只見男子踏著亂七八糟的步伐勉強前進。到了後門門口，她鬆開手，用下巴指了指門，示意男人打開。

「我馬上開，等一下。」

男子取下掛在腰間那串鑰匙，用顫抖的手找門的鑰匙。雖然鑰匙馬上就找到了，但手抖得太厲害無法將鑰匙順利插入鑰匙孔。她從旁奪走鑰匙。

接著，少女伸出左手，示意男子交出手電筒。他顫抖著遞出手電筒。她取過手電筒關掉電源高高舉起一股腦揮下。手電筒前端重擊男子頭部右側，他還來不及叫出聲，只倒吸了一口氣之後便倒地不起。

她當場丟下手電筒，開門踏入屋內。

10

安生拓馬俯臥在肌耐力訓練器材的長椅上，彎曲著雙腳鍛鍊膝關節。在這裡，這樣的健身機器有數十台，到了假日更是人滿為患。一樓的游泳池跟飲料吧，還有這一層樓的健身房，都會稍微超過原本適合容納的人數。雖然說健身的風潮使會員增加，但拓馬評估人數應該不會再增加多少了。支付高額的入會費，多半是有錢人展現優越感的方法之一。像現在人一多，想用什麼器材就得排隊，那些高姿態的客人就會出走。

若是客人數目沒變的話，一定要提升附加價值來增加客人消費的次數。而拓馬思考的附加價值就是擴充醫療美容的部分，最近連日在事務所加班到深夜，也是希望這個計畫可以實現。

這個健身俱樂部的社長蘆田善一，是拓馬妻子惠美子的父親。拓馬曾是全日本舉重冠軍，當時透過恩師的介紹認識了蘆田父女。蘆田先生相當喜歡拓馬，給了他不少好處，此外，拓馬也被蘆田先生的真性情感動，同時還深受惠美子的吸引。她並不是所謂的美女，但聰明機靈又細膩，還很有自己的主見。拓馬也覺得要挑對象的話，這個女孩是再好不過了。

如美夢成真一般，拓馬的期望實現了，原來她也喜歡拓馬。拓馬結束了選手生涯後，兩年前的秋天他們便結婚，同時，他也順理成章地在蘆田先生的手下工作。

為了不辜負岳父的期盼，拓馬努力學習、吸收，並且學以致用。「董事」這個頭銜，不只是因為社長女婿的身分，拓馬對公司確實也有相當的貢獻。

拓馬也感受得到，蘆田有意將公司交給自己。如果順利的話，應該會是這樣吧……真慶幸這一路走來一帆風順。現在和惠美子有了孩子，生活上應該也沒有什麼不安才對。

除了那件事……

拓馬停下腳步，閉上雙眼。那一夜的大火，還有仙堂的死，都在他腦海中重演。

他不懂自己為什麼事到如今還感覺這麼真實。事情都過去了，卻還是苦苦糾纏著他。

拓馬仰起臉，伸出雙手。雖然現在的狀況已大不如前，但這雙手曾經替他拿下世界冠軍。而這雙臂肌肉的秘密，絕對不能讓任何人知道；應該說，絕對不能讓自己尊敬的岳父和摯愛的妻子知道，否則以他們父女嚴謹的性格，一定會看不起他的。

不管付出什麼代價都一定要隱瞞到底——拓馬注視著天花板上的白色日光燈，對自己說。

下一秒，日光燈突然熄滅。

他嚇了一跳，倏地起身。拓馬並沒有接到停電的通知。

眼睛尚未適應黑暗，他便站起身，穿過運動機器之間的空隙，小心翼翼地前進。微弱的光線從窗外洩入，模糊之中，還是可以看到周圍的樣子。

走到室內慢跑機時，他才鬆了一口氣，接下來就算閉著眼睛，也能從這裡走到出口。當這麼想著時，拓馬往前踏出第一步就聽到一聲微弱的「叩」。他嚇得全身僵直。

「誰？」

他直覺有人潛入這裡。

拓馬屏氣凝神，環顧如黑色岩石般陳列的健身器材，總覺得有人躲在屋內。

如果真的有人，便不做第二人選，一定就是那個女生——「毒蜘蛛」。

想到這裡，拓馬整個人動彈不得，這一切來得比他預想的還要早。一方面還算值得慶幸，這表示她並沒有落入警察手裡。而她的第一個目標是自己，這也讓拓馬覺得幸運，他可以直接解決她，便不會有其他受害者。

拓馬用眼角餘光瞄到有黑影晃動。

他考慮要不要去開燈，動作快一點的話，只要幾秒鐘就可以到門口，但他不確定開燈對自己是否有利。這個房間的東西他最清楚，就算有點暗還是可以移動。再者對方身上有槍，暗一點也比較容易藏身。

好，就這樣吧！拓馬決定之後，躲在健身器材旁邊的暗處。

他屏住氣，豎起耳朵，留意空氣中些微的振動。他聽得見布料摩擦的聲音，以及微弱的呼吸聲。

拓馬壓低身子開始移動。這時候他的眼睛已適應黑暗，可以清楚地看見健身器材的樣子。

突然傳來「鏗———」一聲，這巨大的聲響是從右邊傳來的。拓馬朝聲音的來源匍匐前進，並從器材的陰暗處緩緩地探出頭。那個地方是用來做等張收縮訓練的，就是最土法煉鋼、使用槓鈴來鍛鍊肌肉的訓練方式。

拓馬看到一個啞鈴滾落在長椅旁邊，剛剛的聲音可能就是啞鈴掉下來造成的。那麼，對方在哪裡？

想到這裡，拓馬突然感覺頭頂上有東西。抬頭一看，有黑色不明物體在天花板上拉著健身用的繩索垂吊著。只見這個黑色身影張開四肢一躍而下，拓馬閃避不及，對方跳上他的背，雙腳箝住他的身體，雙手勒住頭部。拓馬拚命抵抗，抓住敵人的手腕試圖撥開她。然而這一瞬間拓馬心想，好棒的肌肉，光是抓住手腕他就知道了。對方接下來的舉動更證實了拓馬的論點，她猛力勒住拓馬的脖子，這樣的力道，要是一般男人早就昏過去了。拓馬使出全力，終於把對方的手和自己的脖子分開。正想反擊時，拓馬感到右耳一陣劇痛，原來是對方咬了他一口。劇烈的疼痛讓拓馬忍不住鬆開手，同時對手也從他身上跳開。

拓馬一回頭，看見身後站著一個比他還高的女生，她身上的肌肉不但結實，還微微反光。對方把手放入胸口拿出黑色的東西。拓馬還沒意識到那是手槍之前，身體率先反應往旁邊跳開。隨後槍口迸出火花，槍聲響起。

少女追了過來，再度舉起槍。拓馬躲進運動器材旁邊的陰暗處。這次她沒有開槍，一方面因為四周太暗，一方面或許也因為她對槍枝的使用不夠熟練，如果不能保證在確切的距離內能夠射中，她就不打算開槍，更何況槍裡的子彈有限。

拓馬靜悄悄地移動。他摸了摸自己的右耳，觸感相當濕潤，應該流了不少血。疼痛如海浪般襲來，拓馬環顧四周，試著分散注意力減輕疼痛，也一面尋找可以用來自衛的東西。凳子上方有一根用來架著啞鈴的橫桿，拓馬拾起橫桿，藏身在柱子的陰暗處。

他知道這女的正在接近他。她穿著運動鞋，但仍隱約可聽到鞋子踩在地毯上的聲音。

少女從右側出現了！拓馬從柱子陰暗處跳了出來，將手中的橫桿往下奮力一揮，漂亮地擊落少女手上的槍，接著朝對方的臉揮過去。然而握著橫桿的手被少女抓住了，並從他手中奪走橫槓。拓馬看著對方的臉，似乎不敢相信眼前發生的事。

黑暗中看得不是很清楚，但大略可以看見對方是個輪廓深邃、下巴瘦削的女生。這確實不是正統的日本人長相。

兩人激戰的結果，橫桿從雙方的手中脫落，滾到地上。拓馬推開少女的身體，朝手槍飛撲過去。當他回頭準備反擊，少女已不見蹤影。

這下他在明，敵方在暗了。

他舉著手槍，繃緊神經，謹慎地觀察周圍的動靜。少女一定會伺機扭轉情勢，所以拓馬決心在她出手之前就要殺了她。處理屍體的問題之後再慢慢想，反正一定要就此一了百了。

黑暗讓他很難感受到對方的動靜，於是他再次考慮是不是要開燈。至少手裡拿著槍，明亮一點對自己比較有利。

他一邊觀察四周，一邊走到入口處。牆壁上有一排開關。

拓馬望著室內，右手牢牢地握著扳機，左手放在電燈開關上。開燈之後，對方一定會慌了手腳，想必會有所反擊，所以在這之前一定得開槍擊倒她才行。

他調整呼吸，手指觸碰電燈開關。

同時，拓馬感覺背後有人。

還來不及回頭，瞬間，拓馬的後腦勺就遭到重重一擊，全身癱瘓，一時失去意識。

然後他發現自己已經躺在地上。周圍依然一片漆黑，頭部感覺很沉重，無法再站起來。即便如此，他知道有個身影俯視著自己，是那個女生——毒蜘蛛。從下面往上看，她的身型顯得更加巨大。

完了——拓馬在嘴裡唸著。

他剛才還拿在手上的槍，如今在少女手裡迸出火花。

II

九月十三日，星期日。剛過下午一點，紫藤陪同山科在成城署的會議室裡。

「一定是這樣沒錯。」

警視廳搜查一課的紺野警視看著從鑑識課來的報告書，說：「都是從吉村巡查的槍發射出來的子彈。」

「果真是這樣嗎？」

山科苦惱的表情，雙手交叉在胸前。紫藤也是同樣的心境，剛才前來的路上，他還一邊祈禱事情不會演變成這樣，然而最糟糕的情況還是發生了。

「這麼說的話，犯人總共擊出三顆子彈了。也就是說還剩下兩顆子彈囉？」

來自神奈川縣警的日下警官說道。他有一頭白髮，還有一副學者的長相。被偷走的槍是新南部左輪式手槍，可以填裝五顆子彈。

「可以說只剩下兩顆子彈，也可以說還有兩顆子彈。非得在緊要關頭，這兩顆子彈應該不會再任意使用。」紺野警視的發言代表了所有人的意見，這應該也是兇手接下來所要擔心的。

就報案的順序來說，警方先知道的是健身俱樂部的殺人案。

首先是路人發現臥倒在停車場的守衛，接著在建築物內發現被槍殺的屍體。這大約是今天早上七點左右的事。

守衛沒有死，只是頭蓋骨凹陷，身受重傷到目前為止還意識不清。推測凶器是掉落在一旁的鋼製手電筒。

遭射殺的死者身分，查明是健身俱樂部的董事，同時也是健身俱樂部社長的女婿安生拓馬。警方判斷，心臟那一槍是致命的一擊。室內有打鬥的痕跡，地上還留有幾滴血，看來可能是安生被咬傷的右耳所流的血。

從事件發生後不久，成城署立刻成立搜查總部。由警視廳紺野警視為首，以及小寺警部領軍的十人小組加上搜查隊員十五人。

一發生槍擊案，警方首先認為和黑道有關。但警視立刻聯想到山梨警官遭殺害的案子，便聯絡山梨縣警，請他們送來吉村巡查所持槍枝的相關資料。所有警察佩槍的試射彈與試射彈匣都有紀錄存檔。

接獲聯絡，紫藤和金井帶著資料北上。雖然不能確定這名兇手與殺害吉村的是不是同一個人，但命案現場是健身俱樂部，不免讓人和那間詭異的體能訓練室有所聯想。

然而在紫藤他們出發之前，又有新消息傳來，這次是來自神奈川縣警的情報。座間市的材料放置場發現有屍體遭人槍殺，於是提出子彈鑑識比對的申請。

神奈川也有兩個被害人，而且兩個都被殺了。在疑似兩人乘坐的Land Cruiser旁發現一人遭勒斃，另一人在距離兩百公尺外的廢棄輪胎區遭人槍殺。

會發生這兩起事件絕非巧合，於是山科也陪同紫藤等人前往。

鑑識結果如同紺野警視所述，是最糟糕的狀況，也就是說，這兩起案子都是殺害吉村的兇手所為。

針對三起命案，警方都分別成立搜查總部，但實質上是以聯合搜查的形式進行。對於十號發生火災事件以來的情勢概況，山科已向警視廳跟神奈川縣警的搜查員警做了說明。

「很難想像這是一般人做得出來的事。」

紺野警視嘆了一口氣說：「兇手在一個晚上殺了三個人，還有另一個受重傷。其中，安生拓馬並不是一般人……兇手居然這樣也能輕鬆辦到，而且還是個女兒身。」

「如果以為她是普通的女生，那就錯了。再怎麼說，她可是靠自行車逃亡的傢伙。」山科說道。

「犯人的目標是什麼？該不會是無目的的殺人……」

成城署刑事課課長說道。

「不，應該不是這樣。」

紺野警視斷然否定：「若只是單純想開槍，應該四個人都會被射殺，想想對方有什麼動機比較妥當。就像山科他們說的，可能跟仙堂的死有很大的關係。」

「姑且不論健身俱樂部的事，我們這裡處理的殺人案還在進展當中。」

神奈川縣警的日下警官發言：「經過調查得知，昨天晚上八點之後，被害人在本厚木車站周圍開車閒晃，一直到半路都還和他們在一起的同伴已經證實了這一點。他們的同伴還表示，命案現場是他們在車上搭訕女生成功之後會去的地方，到那裡去的目的就更不用說了。」

所以說被殺的這兩個人，生前曾經跟這個巨人般的少女搭訕嗎？另一名刑警似乎跟紫藤想著同樣的事情，說：

「搭訕怪物，不要命了。」

他半開玩笑地說著，但沒有人笑得出來。

「好難想像她究竟長什麼樣子。到底是什麼樣的女生啊？」

看著紺野困擾的模樣，山科說：

「現在我們正在針對仙堂進行詳細的調查，希望藉此揭開她的真面目。」

山科用強勁的口吻說道。

討論完接下來的搜查方向之後，山科與金井前往座間署，紫藤則與兩位準備向安生太太問話的搜查員警一同前往，一位是成城署的田代刑警，另一個從本廳來的根岸警官。田代刑事是個中年男子，不苟言笑，給人高階軍官的感覺。相較之下，根岸警官感覺較聰明機敏，給人青年實業家的感覺。他們兩個似乎不是第一次合作了。

據他們說，應在更早之前就要跟安生的妻子問話了。然而安生太太在知道丈夫的死後，不堪打擊昏倒過去，所以才耽擱了一些時間。

「安生家那裡的住宅區規劃得好漂亮，都是有錢人在住的。」田代有些妒忌地說。

安生惠美子在家。她的雙眼又紅又腫，應該哭得很慘吧……家裡來了很多人，所以她帶刑警們到會客室去。

「我完全沒有任何頭緒。」

當根岸問起犯案動機時，惠美子挺直背脊毅然地如此回答。她似乎也很意外警察居然會問她這種問題，她瞪著三位員警的模樣，實在不像是不堪打擊而昏倒的妻子。原來千金小姐也會有這種表情，這真是讓紫藤開了眼界。

「那您先生最近有沒有比較奇怪的舉動呢？」

根岸繼續問道。

「最近他很忙，回到家也很晚了，看起來很累，但是也沒什麼特別的地方。」

「是這樣的，昨天先生在俱樂部加班的事，請問您是否和誰提過呢？」

「並沒有……」

惠美子正要否定時，突然又「啊！」了一聲，說：「昨天很晚的時候，我接到一通電話，那時剛過十二點。對方問我先生在不在，我回她說在工作還沒回家。問起她的名字，對方就突然掛電話了……真是的，我怎麼到現在才想起來。」

她像是犯下什麼大錯一樣，沮喪地用手摀住雙頰猛搖頭。

三位刑事彼此交換眼神，點點頭。

這證實了兇手沒有到安生家，而是直接去了健身俱樂部。

「那是怎樣的聲音呢？」

田代詢問。

「是個女生的聲音，有點沙啞……而且總覺得口音有點不一樣，感覺像是外國人在講話。」

「外國人？」

紫藤忍不住附和道。這倒不令他感到意外，他之前多少就猜到了。畢竟身高一百八十、一百九十幾公分的日本女生的確是相當罕見。

「只有那通電話嗎？」

根岸問道。惠美子優雅地點點頭，接著說：

「不過，在那之後我還接到我先生的電話，他說他運動一下再回來，要我先睡。」

「當時是否和您先生提到這通電話的事情呢？」

「是，我跟他說了。」
「那他怎麼說？」
「他說怎麼這麼晚還有人打來，覺得有點不可思議。」
「之後，您先生一直到早上都沒有回家，您不覺得奇怪嗎？」
「是覺得有一點怪……但他之前也會在事務所過夜，所以我也沒想到他會……」
惠美子欲言又止。她緊咬嘴唇，眼眶泛紅，然而還是努力地不讓眾人看見她落淚。
之後根岸詢問安生拓馬的交友狀況。惠美子說，她先生在工作上跟私生活都沒有得罪什麼人。
一邊聽著他們的談話內容，紫藤一邊看著陳列在架上的獎盃與獎牌。他剛在成城署得知，安生拓馬是名舉重選手。
「你有什麼想問的嗎？」
結束自己的部分後，根岸詢問紫藤。紫藤端正了自己的姿勢，開口問道：
「您知道仙堂這個名字嗎？仙堂之則，先生向您提過嗎？」
「仙堂……」
惠美子在口中複誦了一次後，搖搖頭說：「沒有。」
「那麼還有一個問題，這個月的九號、十號，您先生是不是出門了？」
「九號、十號是星期三和星期四吧？」

惠美子腦海中回憶著那天的行程，想了一會兒，回答說：「對，他出門去了，和客戶去伊豆打高爾夫球。」

「您知道對方的聯絡方式嗎？」

「知道，請稍等一下。」

惠美子一邊感到疑惑，一邊走出會客室。確定門關上後，田代看向紫藤，說：

「你的看法是仙堂的死跟安生有關係嗎？」

「不敢確定，但總覺得有可能。」

「的確可以這麼想。這樣的話，這次的事件是為了替仙堂報仇。」

看來根岸已經了解紫藤的想法。

惠美子回到會客室，給了他們那天和安生拓馬去打高爾夫球的中小企業社長的聯絡方式。

「我不知道為什麼你們要問這個，不過請麻煩不要造成對方的困擾。」

她緊皺雙眉叮嚀著。

「好的，我們會注意。」

一邊回答惠美子，紫藤一邊抄筆記。

惠美子不了解九號、十號不在場證明的意義。或許她從新聞得知山中湖事件，但沒想到會跟自己丈夫的死有關。如果她知道紫藤問這個問題的目的，肯定會暴跳如雷。

離開安生家，紫藤和根岸一夥人回到成城署。與刑事課長和紺野警視打過招呼後，紫藤便動身回到山梨。

12

接到潤也的電話，有介才知道拓馬出事了。接到電話時已經過了傍晚五點，有介從早上就一直把自己關在工作的房間裡，還沒時間看電視。

潤也說話的聲音在顫抖。平時，潤也比有介來得沉穩，在重要的比賽也能完全發揮實力。然而面對這樣的事情，潤也似乎也浮躁了起來。

有介握著電話，全身僵硬動彈不得，腦袋一片空白，無法思考。

「你和翔子聯絡了嗎？」

隔了好一陣子有介才勉強擠出這句話。他覺得喉嚨乾得要命，連聲音都很難發得出來。

「剛剛打過電話，可是她不在。我已經在語音信箱留言了。」

「不在……是在工作吧！」

不祥的預感閃過有介的腦海。

「應該吧！今天是星期天，她應該會去錄六點半的體育新聞。」

「噢，對喔……」

「你要過來嗎？我想開個作戰會議。」

「好。」

有介看了一下手錶，說：「那看完六點半的新聞之後就過去找你。」

潤也立刻明白有介的意思，很快地答應了。

「也對，這樣比較放心。」

有介掛上電話後走出工作室，小夜子正在廚房準備晚餐。他告訴小夜子晚點要去潤也家。

「喔，最近滿常去的嘛……」

聽起來小夜子並沒有起疑心。她大概無法想像自己的丈夫身上究竟發生了什麼事。拿起晚報看看電視節目表，很不巧當時並沒有播放新聞節目。有介原本打算問小夜子知不知道拓馬被殺的事件，後來想想還是作罷。小夜子並不知道有介跟拓馬的關係，要是弄不好，讓她擔心起疑就糟了。

有介站在玻璃窗邊，視線越過窗台向下眺望。外頭還不是很暗，馬路上有幾輛車在等紅綠燈，路面很寬，停在路上的車子也很多。提著購物袋的婦女從旁邊走過去。

他試著將威脅著他的黑色身影放在這樣的日常生活景象中。那個打算來殺他的巨大身影，怎麼看都與眼前的現實格格不入。然而事實上已經有一個同伴被殺了。

聽潤也說，健身俱樂部的守衛身受重傷。看來「毒蜘蛛」為達目的會不擇手段，所以無論如何都不能連累小夜子。

「盡量不要外出比較好。」

有介忍不住說出這句話。

「咦？怎麼了？」

正在餐桌擺餐具的小夜子，停下手上的動作問道。

「沒有啦，因為……我擔心妳的身體啊。第三個月是最危險的時期，不是嗎？」

「別擔心啦，我很小心的。但還是要做點運動才行啊！」

不知道是不是丈夫的擔心讓她覺得窩心，小夜子一邊哼著歌，一邊走進廚房。看著小夜子的身影，有介想到，就算是待在家裡也可能出事。這個犯人殺人並沒有縝密的計畫，難保她不會強行入侵家裡。吃晚餐的時候，正好六點半，有介打開電視轉到體育新聞台。節目剛開始，螢幕上出現的是男主播，接著鏡頭一轉，將助理主播佐倉翔子帶進畫面。

有介這才鬆了一口氣。

「今天日本各地都有各式各樣的體育活動。不過在這之前，先為您報導一則悲劇。事件的發生是，前日本舉重冠軍選手安生拓馬先生，昨夜遭不明人士開槍射殺身亡……」

男主播開始報導案件摘要。有介停下拿著筷子的手，凝視著電視畫面，這和他從潤也那邊聽到的一樣。但接下來，主播的報導更令他震驚。

「事實上在神奈川座間市，也有兩名年輕人慘遭殺害。經警方初步的調查結果發現，兇嫌很有可能是同一人，手法相當殘忍。」

這些年輕人是誰？為何會跟這個女的有關係？想追殺過來的女人到底是怎樣的人？有介開始沉思這幾個問題。

「在這個節目還是第一次播報這樣的新聞。被害人是體育界的人士，所以才會報的吧！」

小夜子說。和毫無食慾的有介完全相反，她的筷子一直沒停過。

「應該是吧！」

「佐倉翔子看起來好像也沒什麼精神。」

被妻子這麼一說，有介再次專注地看著電視畫面。

一年前開始，翔子開始頻頻在螢光幕上曝光。體操選手的身分加上完美的臉蛋，很早以前她就已是體壇的寵兒；去年又受邀擔任體育節目記者，人氣更是一飛沖天。現在除了體育相關的節目以外，她偶爾也在其他類型的節目中露臉。

電視裡的翔子就如小夜子說的，有些心不在焉，而且臉色蒼白。

有介來到潤也的公寓，看到他正在打包行李，把東西塞到旅行箱跟運動背包裡。

「你要去旅行啊？」

有介問他，還一邊避開凌亂的衣物，一邊走進房間。

「我要暫時過去住宿舍。剛剛跟教練通過電話，我跟他說想和選手一起調整作息之類的，隨便找個理由，結果他很快就答應了。」

說完，潤也將堆積如山的內衣褲摺也不摺地就塞入背包當中。

「有空房間嗎？」

「正好有一間三人房只住兩個人，這陣子就住那裡吧。對那些選手來說可能有點困擾，但留在這裡可是會沒命的。」

潤也隸屬於桂化學工業公司，所屬部門是業務部的勞務課，但實際上是被聘用為田徑隊的教練。他只需要每週一的上午出現在勞務課就可以了。

田徑隊的宿舍在八王子，旁邊就是運動場，方便選手隨時可以練習。潤也則是每天都坐車通勤到八王子。

「所以……你是要逃走囉？」

有介問道。潤也沒有回答，持續著收行李的動作。告一段落後，他扣上背包，說：

「沒錯，」潤也看著有介，「我要逃走。」

「可是她會追過來。」

「或許吧！但至少可以多爭取一些時間，祈禱在這段時間，警察可以逮捕到那隻毒蜘蛛。」

「你忘了拓馬說過的嗎？如果那傢伙被逮捕，我們也完蛋了。」

「那你說怎麼辦？要像拓馬說的，正面迎擊那個女人？你自己看看，當初信誓旦旦的拓馬現在怎麼樣了？」

潤也猛搖頭急著否認，向後退了幾步。潤也繼續說：

「我可不幹。要打贏那個殺了拓馬的怪物是不可能的。我跟拓馬不一樣，一開始就不打算正面對抗。」

「你已經做好事跡敗露的心理準備了嗎？」

有介問，潤也點了點頭。

「算是吧。就算東窗事發，我們的人生也不一定會完蛋。畢竟不能確定那個女怪物是不是真的持有我們的資料，就算真的有，我們也可以打馬虎眼矇混過去，畢竟那個殺人魔說的話，警察應該不會照單全收。況且……」

他屏住氣，淡淡地笑著繼續說：「若是沒辦法了，就認罪吧！我跟拓馬不一樣，並不會有多大的損失。就算不能在田徑隊混口飯吃，還是可以做些其他事情。有介，你不也是這樣嗎？這個時代，連入獄服刑的人都能出書，搞不好結果會不錯咧！」

潤也最後的那段話讓有介有些不悅，但他並沒有反駁。

「殺仙堂的事情怎麼辦？」

有介丟出了一個難題。潤也盤腿而坐，身體靠向有介，壓低聲音地說：

「關於這件事，我要先說清楚。」

「什麼？」

「仙堂的死，我們完全沒有動手，殺人的是翔子。」

有介睜大眼睛。潤也有些面目猙獰地接著說：「這可不是做好人的時候啊！翔子殺了仙堂，是我們完全預料之外的事。強調這一點對我們會有幫助的。」

「不幫翔子嗎？」

「怎麼幫啊？她是殺人犯耶！」

潤也齜牙咧嘴的同時，玄關的門鈴響了。兩人之間的空氣瞬間凝結。

「是翔子。」

潤也站起來才剛要面向玄關，隨即回頭，彎下身，食指靠在嘴唇上對有介說：「絕對不要告訴翔子。」

來的果然是翔子。她穿著一條長褲，像平常一樣戴著墨鏡，臉上表情比電視上看到的更僵硬。

「你要逃啊？」

看到旅行皮箱跟背包，翔子立刻問道。

「我要改變守備範圍。有介最近剛搬家，妳也因為工作的關係四處遊走，敵人比較不容易掌握行蹤。但我可是長年住在這裡。」

「我也沒那麼常出門啊。改變了防備範圍又如何呢？」

「我也不曉得，總之就用拖延戰術，把握時間想一下對策。當然，消滅毒蜘蛛這點是不會改變的。對吧……？」

對於潤也的徵詢，有介只能無奈地微微點頭。

13

殺了安生拓馬之後，她並沒有隨即離開現場。她知道必須趕快逃走，但在這之前，她想先做一件事。

她想沖個澡。運動俱樂部裡到處都有淋浴間，她想先沖洗一下身上的汗水跟污垢。褪去衣物淋浴之後，再度穿上已經滲透汗水的黑色緊身衣跟深藍色賽車短褲。她很喜歡這件短褲。接著，索性穿上襪子跟運動鞋。

往出口走去的時候，她的視線停留在角落的運動用品專賣區，裡頭陳列著嶄新的運動衣和運動鞋。她把所有商品巡視一遍，先取下陳列櫃裡的一雙襪子。她把襪子穿上，黝黑的肌膚讓襪子顯得更加潔白。接著又套上鞋子，把脫下的舊襪子丟到附近的垃圾桶。

接著，她從衣架上挑了一件黑色式的防風外衣，背後印著美國有名排球校隊的校名。尺寸是ＬＬ，穿上後還是有點小。不過她還是穿著，再次往出口方向走去。

騎上自行車，踩著腳踏板往東走，她覺得如果就這樣一直前進，應該會抵達東京的市中心，其他就沒有想太多。路上，她把之前穿戴的外套和紅色的帽子丟棄在路邊的垃圾桶裡。

走了不到三十分鐘，她確信自己已經來到東京都中心。這裡不僅高樓林立，而且即便是深夜，路上行人還是很多，還有很多有點奇怪的場所。她心想，或許正在舉行什麼嘉年華會吧！走在路上的大都是還在讀國中的小孩子，不過日本人看起來本來就比較年輕，或許他們都已經上高中了吧。

在她看來，那些孩子淨是漫無目的地閒晃，還有不少人蹲在路旁。她完全想不透他們為什麼不回家，從他們的打扮看來，怎麼看都不覺得是無家可歸，因為每個人穿的衣服看起來很新，質料又好。不過他們看起來似乎也樂在其中。

她還看到一些年輕人開車過來和年輕的女孩打招呼，問她要不要上車，而那個看起來不到十五歲的少女也毫不猶豫地踏進車內。她想起當初向她搭訕的那兩個開著轎車的人，她可以想像那些男生會帶著女孩到某處去，做出同樣的事情吧！

她牽著自行車走著，剛才那幾個男生望向她，不過並沒有特別注意。他們的目光純粹只是一時受到她獨特的高大體格吸引，很快地，他們立刻回到自己的世界專注於眼前的女人。至少目前看來，這裡並沒有人對她這個外國人感到有興趣。

又走了一段距離，她來到一個氛圍不同的地方，四處都有奇怪裝飾的建築物，還有不知從哪裡來的一對男女走進其中一間。再走一段路，她看見好幾個穿著清涼暴露的女生站在路邊。仔細一看，不只是東方人，也有白人跟黑人摻雜其中。她跨上自行車快速通過，那些女子不友善地盯著她看。

在附近稍微轉了一下，眼前出現類似車站的巨大建築物。她看了一眼建築物上SHIBUYA（澀谷）的字樣，但她沒聽過這個名字。

然後她看到地鐵的入口，於是她把自行車放在外面走了下去。這個時間地鐵應該沒有開，也沒有人在站內走動，但不是完全沒有人煙。通道的角落都是鋪著報紙、蹲坐而寢的男子。他們穿的衣服非常髒，整個人看起來好像被丟棄的垃圾一樣，她敢肯定這樣的人才真的是無家可歸。那麼剛剛的年輕人到底是怎麼一回事呢？她不明白這兩者之間的關聯。

她走近牆壁，靠在那裡蹲坐下來，旁邊正好有個滿身汙垢的男子橫躺在地上，背上還鋪蓋著一張報紙。那男子察覺身旁有人，轉頭看著她。男子的臉和衣服一樣髒。

兩人眼神交會之際，他的表情變得膽怯。於是他站起身提心吊膽地離開現場，手上那兩個破爛不堪的紙袋就是他的行李。

男子遺留一綑報紙。她拿了起來，像男子一樣把報紙蓋在背上。然後，她覺得身體就像蓋上毛毯一樣變得溫暖。於是她將外露的腳也用報紙裹住。

終於，睡意向她襲來。

等到被嘈雜聲吵醒時，周圍已經人潮洶湧。她走出車站，很多人來來往往，跟昨天晚上的樣子迥然不同。陽光很刺眼，她戴起了運動墨鏡。

自行車已經不見了。不知道是被偷了，還是被拖走。但不管怎樣，她倒不覺得可惜。為了躲避警察的視線，也是時候該處理掉這輛自行車了。

她從口袋裡拿出字條。四個人的名字當中，安生拓馬的部分已經撕掉。

丹羽潤也　JUNYA NIWA　杉並區高圓寺北……

她接下來打算找這個人，JUNYA NIWA。但後面寫的地址要怎麼去呢？她毫無頭緒，地址讀法也不是很清楚。

首先想到的是搭計程車。只要把地址給計程車司機看，叫他開到這個地方就可以了。但即便如此，還是有必要知道自己現在所在的位置，還有要前往哪個方向，要走多久等等。況且要採取行動的話，還是等晚上比較好。

她走到車站附近，看到一間書店，入口處陳列的書看起來很像地圖。她踏入書店，混入日本人當中仰望著書架。

她想找日本東京的詳細地圖。然而率先吸引她眼光的是用紅色寫著CANADA的書。她拿在手裡翻閱，這並不是地圖，是一本介紹加拿大的書。當中也有重要地標的地圖，還有風景照。

QUEBEC PROVINCE——她找到魁北克省的字樣，然後發現這一頁裡面記載的是魁北克市的舊街道以及蒙特利爾一帶。她想找的是GASPE這個地名，可是這本書裡沒有，卻有聖勞倫斯河的相片。相片中的聖勞倫斯河清澈恬靜地流著，這與她所知道的那條深海般的大河，印象截然不同。

她把書放回架上，繼續找東京的地圖。這一類的書很多。

「您在找東京的地圖嗎？」

突然有人向她搭話。轉頭一看，一個嬌小的女生正在對她微笑，應該是這間店的店員。她沉默不語，嬌小的女孩臉上浮出不安的神情，問道：

「請問……您會說日文嗎？」

她點點頭，表示沒問題。店員這才稍稍鬆了口氣。

「您在找東京地圖嗎？」

這次她試著放慢語調問她。她再度點點頭，並給女孩看她正在找的那三個人的地址。

「您想去這些地方嗎？」

她點頭。

「這樣的話，」女店員望著書架，說：「我想這個應該不錯。」接著抽出一本薄薄的書。她拿起來翻了一下，便了解店員替她選這本書的理由，上面主要的地名都用羅馬拼音表記。
她對女店員點了點頭，從夾克口袋中拿出三張鈔票跟數枚銅板。
「好的，總共一千五百圓。」
女店員從她手上拿走剛好的數目後，帶著地圖去櫃台裝袋，再一起拿著收據回來。
「謝謝您。」看到店員的微笑，她嘴唇的線條也柔和許多。
她走出書店，馬上進了附近的咖啡廳，一邊吃著義大利麵和漢堡，一邊看著手上的地圖。地圖中的東京，越看越是覺得錯綜複雜，地鐵也糾結成網。
首先，她確認了澀谷的位置，然後花了一點時間，靠著字的形狀找到了杉並區這個文字，接著發現高圓寺就在旁邊。
稍微算了一下地圖上的距離，到目的地大約有八公里，她判斷是走得到的距離。
她繼續在地圖上搜尋另外兩個人的地址。

日浦有介　YUSUKE HIURA　武藏野市吉祥寺南町……
佐倉翔子　SYOKO SAKURA　品川區北品川……

「武藏野」這三個字不好懂，看了幾次，對於文字形狀還是沒有把握。她不時把手指伸進墨鏡裡壓一壓眼角。

儘管如此，一個小時後她總算辨認出兩個人的所在位置。日浦大概跟丹羽同樣的方向，但稍微遠一點，佐倉則是從這裡往南大概六公里左右。

走出咖啡廳，她思考了幾秒之後往南的方向走去。她選擇先前往比較近的目的地。過了中午她已經來到品川，但她花了點時間才找到佐倉的住處。

佐倉住的地方是一棟電梯公寓，在這裡有好幾棟這樣的建築。她找到的是外牆貼有淡褐色瓷磚的六層樓建築。

她先在外面的電話亭打電話確認是否有人在家。可是電話響了五聲後，聽筒那端傳來機械切換的聲音，然後……

「您好，我是佐倉，現在正好外出不在家。非常抱歉，請您在『嗶』聲之後留下姓名與聯絡事項。」

在聽見「嗶」的聲音之後，她掛上電話。是電話答錄機，不過聽起來確定是那天夜裡入侵的那個女生。

所以佐倉應該不在家。

她走出電話亭，從玄關入口進入一樓大廳。如果要再往裡面走，就得再通過一扇玻璃門，不過好像設置了保全系統。門旁邊是個有按鍵的面板，斜上方裝有監視器。

她還呆站在那裡的時候，一名年輕女子從她身後走了進來，按了面板上的按鍵。玻璃門靜靜地打開，那名女子就走了進去。

大廳一隅有電梯。少女進了電梯，發現原來這是通往地下停車場的。

到了停車場，她環顧四周。這裡停了很多車子，但不知道佐倉的是哪一部。也許佐倉出去了，那現在她的車子也不會在這裡。

她從距離自己最近的車子，依序扳動每部車的門把，不過每部都牢牢地鎖著。到第十幾部日本轎車的時候，終於開了。她毫不猶豫地進入車內，這個角度正好可以直接看到電梯。如果佐倉開車出去，回來的時候一定會經過這裡。不是的話，要用車也一定會下來。她完全沒想到佐倉可能沒有車。她認為日本人都很有錢，每個人應該都會有車。

就這樣，她在車內度過了幾個小時，這段時間眼睛一刻也沒離開過電梯。在她眼前，已經有八組人搭乘電梯上樓，下來的有四組人。然而，遲遲不見佐倉的蹤影。

比起飢餓，她身上出現了更難以壓抑的生理現象。她暫時下了車，但並不打算離開停車場，索性蹲在車子跟牆壁之間解決了。因為她穿著緊身連身衣，所以小解時脫到幾近全裸。萬一這時佐倉出現了，她也打算就這樣直接飛撲上去。

慶幸的是沒有任何人出現。她再度回到車內，就這樣又過了幾小時。有幾部車開進來，搭電梯上去，可是就是等不到她想等的人。

車上的時鐘顯示已經超過十點了。眼前一對男女經過，男生發現了她，顯得一臉驚訝……

14

付了計程車錢時，翔子看了一下手錶，時針指在快十點的位置。

她下了車，從玄關大門進入了公寓。

回到房間裡，放下包包，倒在床上。看了一下語音留言，沒訊息進來。

今天，是第二次回到這個房間。第一次是體育新聞播放完畢，送新聞局的人回去後回來。她平常都是開停車場的紅色GTO去新聞局的，但今天有其他節目的關係沒有開車去。那時候，她在電話語音聽到丹羽潤也的留言，說要談安生拓馬的事情。所以翔子馬上穿了簡單樸素的衣服，搭電車過去潤也的公寓。之所以不開車，是覺得自己的高級跑車停在路邊顯得太招搖了。

到了之後，日浦有介已經在潤也的家了。比起潤也，有介一向冷靜，是不任意表露出自己內心情感的那種人。但面對拓馬的死，他仍無法隱藏內心的震驚。

潤也準備逃走。他雖然表現出一副會奮戰到底的態度，但在翔子看來卻不是這個樣子。問他要怎麼解決那個人證，潤也只是模稜兩可地敷衍。

他站起來的時候，也順便問了有介打算怎麼辦。有介回答：

「不知道。」

停頓了一會兒，又說：「不過我不想殺人。」

翔子心想，這答案果然是有介的風格。拓馬當時打算殺了毒蜘蛛，而潤也決定要逃走，這兩種完全不同的作法，也代表了兩個人各自擁有不一樣的主張。然而有介不是這樣，他考慮的並不只是自己，還有很多——必須顧及妻子以及老家的父母，當然潤也跟翔子的事也要考慮。這是他體貼的地方，但同時也是柔弱的一面。翔子心想，如果有介沒有這柔弱的一面，他倆的未來會更不一樣；這樣一來有介一定會和自己結婚，而不會娶小夜子那個做作的女人。

不過，她也因此走出了自己的路。翔子自己也覺得，與其做個平凡的家庭主婦，當個媒體寵兒在演藝圈闖蕩還是比較適合她。她也期許自己要朝更高的目標，飛上一般人無法到達的境界。

因此，翔子不管怎樣都會排除萬難，好不容易走到這個地步，可不想因為這些無聊的事情搞砸一切。

「毒蜘蛛……」

坐在床上，翔子嘴裡低語著。當年那個小女孩，已化身為毒蜘蛛了。她回想起十年前的情景：如野生動物般的敏捷，如機械般精準完美，她逐一完成每個高難度的機械體操，翔子知道那就是仙堂開始培養的新體操選手。當時仙堂是這樣跟翔子說的：

「這只不過是最單純的練習而已。」

也就是說，少女的目標一定在更高的層次吧！而擁有這樣能力的少女即將現身，前來奪取自己的性命……

翔子起身，到廚房喝了杯水。有點鐵銹味的溫水，充滿都會的味道。

沒有食慾，但還是得吃點什麼，明天一早還得錄影。不想下廚，就和平常一樣外食好了。這陣子，她連去買調理包的時間都沒有。還好，她頗喜歡工作滿檔的感覺。

拿起剛剛放下的包包與桌上的鑰匙，翔子穿上鞋子。她選了一雙方便開車的低跟鞋。她大概都固定會去某一家店吃，到那邊得開車，還好停車場滿大的。

走出房間到一樓去，按下大廳電梯的按鈕，準備前往地下停車場。

電梯門一開，一對男女剛好走了出來。翔子別過臉，退到一旁與那對男女擦身而過時，聽到他們片段的對話：

「這樣還是很奇怪啊，那個女的白天就在了吧？」

「對啊，她應該不會在車上待了好幾個小時吧？又不是警察在埋伏……」

「就是嘛！」女生笑了。

翔子一時有點在意那兩人的談話，不過也沒想太多。她進入電梯，按下地下室的按鈕，門隨即關上，電梯下降。

數秒後電梯到了地下室，門打開了。翔子向前踏出一步。

這時，背部感到一股寒氣逼近。她不自覺地把腳縮回來。

剛剛聽到的那對男女的對話，突然在耳邊響起。

難道說……

或許是自己想太多了，但她無論如何也無法忽視那一絲可能性。

她沒有走出電梯，隨即又按下一樓的按鈕。幾分鐘後，她回到房間裡，已經沒有食慾了。她脫下衣服，只穿著內衣褲把自己裹在被窩裡。

這時翔子突然想到，其實還有一件事讓她覺得有點奇怪，就是今天的語音留言。在潤也留言之前，還有一通沒有出聲的留言。

隔天早上，翔子沒有一個人去停車場，改在大廳等著其他人來。

馬上有位中年男子來了，她隨後一同進入電梯。

到了停車場，她快步朝自己的車走去。來到平常紅色ＧＴＯ停放的地方，她一邊環顧著四周，一邊把車鑰匙插入鑰匙孔。

打開車門準備上車時，她聽到後面有人在說話：

「你看，很誇張吧。」

「哎唷，真的耶。」

回頭一看，一位高大男子和公寓管理員站在牆邊，似乎在觀察什麼。

「可能是小狗吧！」高大男子說。

「喔……但是這個地方從來沒有小狗進來過啊！」

「所以會是人嗎？」像是這兒住戶的男子苦笑著說：「誰會在這裡小便啊？」

「說的也是，」管理員一臉困惑，不過還是歪著頭，好聲好氣地說：「總之，我會先把這裡清一清的。」

「謝謝，麻煩您了。」

這名男子走向旁邊的轎車，作勢找鑰匙，但一看到車門就驚呼：「啊！完了，又忘記鎖了。」

翔子看著這男子沒使用鑰匙就打開車門，坐進車內。見狀，她自己也上了車。

她想起昨天晚上那對男女的談話。埋伏的警察……

翔子沒有發動引擎，眼神望向遠方。

回過神來，她發現自己的身子微微地顫抖。

15

九月十四日，紫藤北上後的隔天，便接到關於仙堂之則的新情報。

這天早上，搜查總部接到一通電話。打電話來的是一位自稱村山的男子。接到電話的刑警詢問對方的身分時，這名男子猶豫了一下後，說自己是ＪＯＣ委員。ＪＯＣ指的就是日本奧運委員會。這名男子想談談有關仙堂之則被殺的事情。

山科警部接過電話，想知道詳情，但這名男子聲稱在電話裡不方便說，希望他們過去一趟。

「大概是怎樣的內容，可以麻煩您先稍微透露一下嗎？」

山科顯得有些焦急地問道。

對於山科的詢問，村山的回答大致如下——

ＪＯＣ正在調查某件事，這件事關係到運動醫學，調查之後，仙堂之則的名字便浮出檯面。村山表示，詳細情形想直接和警方見面之後再談。

一如昨日，由紫藤和金井一起出面。他們搭乘富士急行電車前往大月，然後在中央本線轉乘。對方約的會面地點在新宿。

「到底是怎麼回事？居然連ＪＯＣ的人都出面了。」

坐在特急電車靠窗位置的金井說著。紫藤搖搖頭，也說：

「我也不清楚，不過我倒不覺得意外。仙堂本來就是醫生，在那棟奇怪的建築物裡也設置了很多訓練器材，所以不難想像他跟運動醫學有關。」

「也是，再加上安生拓馬那件案子。」

「對，沒錯。」

紫藤點了好幾次頭，接著說：「安生曾經是奧運選手，多少會跟ＪＯＣ有所牽扯。」

安生拓馬的妻子惠美子表示，在仙堂被殺的時間九月九日到十日前後這段期間，丈夫跟客戶去打高爾夫了。關於這一點警方也立刻做了確認，然而這位客戶完全否定了這個事實。搜查總部認為，就這一點看來，跟仙堂的死肯定有很大的關係；還有一些急性子的搜查員警，甚至認定安生就是殺害仙堂的兇手。

不過問題在於安生跟仙堂究竟有什麼關聯。於是總部派了數名搜查員，到成城署去調查安生的過往與人際關係。

「話說回來，殺了安生的那個女生是個可怕的傢伙。」

金井嘆了口氣說：「不知道該說她是大膽還是瘋狂，總之她殺人毫不留情，就算被逮捕也不怕。」

與神奈川縣警取得聯繫之後，發現他們幾乎掌握了殺安生的那個女生的行蹤。她先是騎自行車到厚木市，在漢堡店的停車場遇到兩名開著Land Cruiser的男子搭訕，上他們車前，她將放有運動衣的背包丟在附近的垃圾桶裡。這個背包她是跟自行車一起偷走的，這點已經請別墅的主人確認過。

她搭上Land Cruiser之後，被這兩名意圖不軌的男子帶到座間市小松原的建材置放場。想性侵她的兩名男子，一個被當場勒死；另一個則是被從吉村巡查那偷來的槍射殺，子彈貫穿死者，在大約距離三十公里的地方被發現。

她還將車內的地圖中，有世田谷道路圖那一頁撕下來，再度踏上自行車，前往安生拓馬的所在地……

「聽說那個警衛還沒醒過來。」

紫藤想起了在健身俱樂部停車場遭少女用手電筒襲擊的可憐警衛。目前為止，也只有那個警衛看過這個女生的樣子。

「畢竟是頭蓋骨凹陷的重創啊。」

金井側著臉指著自己頭的右部說道。

「真的很嚴重。到底是用了多大的力道啊？」

「肯定不是一般的女生，不，肯定不是普通人。」

雖然目標這麼特殊，但目前還是無法掌握有利的情報。不過在東京多少都有些特異的人，所以也不會有誰去注意吧！

這麼高大的身型，到底會躲到哪裡去呢？紫藤一邊眺望窗外漸漸接近的東京景色，一邊在嘴裡嘀咕著。

會合的地點在凱悅飯店一樓的咖啡廳。紫藤一行人沒有迷路，幾乎準時抵達。

站在入口，紫藤環視大廳，視線停留在桌上放有白色紙袋的座位，那是他們約定用來識別的記號，有兩個穿著西裝的男子坐在那裡。紫藤跟金井靠近他們，對方察覺之後隨即站起來打招呼。兩名男子，一個個頭較小，另一個則高高瘦瘦。

「是警察先生吧？」

個頭小的男子低聲問道。紫藤遠看還以為對方跟自己年紀相仿，但走近一看發現男子臉上皺紋意外地多。

「對，請問是村山先生嗎？」

「是的，敝姓村山。」

說完，他遞出名片，上面寫著「日本奧林匹克委員會科學委員──村山宏和」。紫藤也自我介紹，遞出名片。

另一位高瘦的男子姓光本，和村山一樣都是ＪＯＣ的科學委員，看起來年紀差不多是三十歲後半。

「那麼，您想談關於仙堂的事是什麼？」

自我介紹完後，向服務生點了咖啡，紫藤馬上切入正題。

「請您先看一下這個。」

村山也把握時間，很快地從紙袋中拿出一本剪貼簿，打開後遞到紫藤等人面前。剪貼簿裡貼著新聞報導。

「好，我看看。」

紫藤拿起剪貼簿，讀著裡面的報導。那是上個月五號，前滑雪選手在自家引電自殺的簡短報導。上面寫著他從兩、三年前便苦於病痛，無法工作，最後選擇自殺。選手的名字叫小笠原彰，這紫藤倒是沒聽過。

「這個人怎麼了嗎？」紫藤問道。
「關於這件事，其實還有內情沒有公開……」
村山一臉嚴肅，舔了舔嘴唇後，說：「這個人有留下遺書。」
「真的嗎？」
「他死後的第二天，他的遺書郵寄到ＪＯＣ事務局來。大概是死前寄的。」
「上面寫了什麼？」
雖然不明白跟這次的事件有什麼關係，紫藤還是很積極地追問。
「他自白說自己還是選手的時候曾使用違禁藥物，希望能撤銷他所有的得獎紀錄。」
「原來如此。」
紫藤點點頭。他知道有些選手會為了提高競技成績，不當服用藥物。漢城奧運短跑選手班・強森因服用禁藥，被取消金牌資格的話題就曾喧騰一時。然而這類的事情其實很多，現在還是有選手會違反規定。
四人份的咖啡送上來，一度中斷他們的談話。
「請問，小笠原是滑雪哪個項目的選手？」
服務生離開後，金井詢問道。
「距離競技。」村山回答。「他最拿手的是十五公里競技，在日本拿過好幾次選手權，奧運會上也曾出賽。總之，實力和世界強手不分軒輊。」

是因為用藥的關係嗎？紫藤心想。
「報導上面寫他生病了。」紫藤問道。
「是的。這個新聞沒有詳細記載，不過遺書上說，他苦於頭痛、暈眩、失眠，甚至出現幻覺，手腳還常因麻痺而無法行動。我們在想，他的病情可能演變成腦動脈硬化。」
「腦動脈硬化？」
這種成人病，不是老年才會發病嗎？紫藤感到相當意外。一直沉默不語的光本用嚴肅的口吻說：「肌肉增強劑會影響膽固醇代謝機能，進一步造成動脈硬化的現象，也會引起肝癌。」
「所以說，小笠原選手的病，是因為服用藥物所產生的副作用嗎？」
「恐怕就是這樣。」
村山點點頭，啜一口咖啡。紫藤也把手伸向咖啡。
「接獲這封遺書之後，我們也討論過該如何處理。」村山繼續說道：「後來決定先依他的自白遺書內容著手進行調查，但小笠原是從什麼管道拿到藥物的，上面並沒有寫。於是我們就從他選手時代的紀錄跟行動開始確認。」
「簡直就像我們的工作呢！」
金井開玩笑地說著。
「我們自稱是體育界的警察。」

光本認真的神情回答道：「服用藥物，等同犯罪。」

「原來是這樣。」

金井懾於這突如其來的壓迫感，低下頭望著自己的筆記本。

「後來調查有什麼進展嗎？」

感覺到雙方的談話已經漸漸進入核心，紫藤開口問了村山這個關鍵性的問題。

「調查之後，我們大概可以推測出他用藥的狀況。小笠原在體育大學的滑雪隊時就參加過重要的比賽，但真正留下輝煌成績的時期，是在大學畢業擔任研究人員之後，而且實力攀升的狀態難以置信。他應該就是在那時候開始服用藥物的，從現在算起來，大約是八年前的事了。」

「那個時期，他有其他特別的行動嗎？」

「有。」村山點頭，回答：「當時因為擔任研究人員比較自由，他自費到加拿大去，聲稱要去當地蒐集資料，參加一些比賽自我磨練。」

「他一個人去嗎？」

「對，當時沒有教練跟他一起去。」

紫藤心想，這就是所謂運動員的「修行」吧……

「那有什麼不妥嗎？」

「當然，首先，去加拿大這件事就教人納悶。如果要蒐集國外資訊，一般應該都會去歐洲才對，再說比賽場次也是歐洲居多。可是，他隔年又去了一次加拿大。」

「其他還有什麼嗎？」

「他在加拿大幾乎沒有留下任何比賽紀錄，所以完全看不出來他到底在那裡做了什麼。而且，他當時也沒和同研究室的人提起去加拿大的事情。」

「這樣的確很奇怪。」

「後來我們取得小笠原家人的同意，搜查了他的房間，確認有沒有留下當時的證物，可惜幾乎什麼都沒找到。附近的人說他自殺前幾天，看到他在公寓前燒東西，可能就是在銷毀所有的證據吧！不過呢，我們還是找到疑似線索的東西，就是這個。」

村山拿出一個Ｂ５大小的白色信封，右上角貼了一小張紙，上頭有郵票和郵戳，收件人用漢字寫著小笠原彰。但讓紫藤驚訝的是，寄件人居然是K.Sendo，地址是加拿大魁北克省蒙特利爾……

「我們循線調查得知，這個在加拿大的寄件地址大概兩年前住了一名日本男子，名字的羅馬拼音是KORENORI SENDO，就是仙堂之則！」

「原來是這麼回事。」

紫藤探出身子。今天的談話終於有點頭緒了。

「所以關於仙堂的背景，我們其實很早就調查清楚，而且其實仙堂在那個領域也算眾所皆知。」

「哪個領域？」

「就是運動方面的專科醫師。仙堂也是這樣的醫師，雖然在日本沒有工作紀錄，但主要的活動據點都在國外，通常都和一些選手或隊伍簽約，擔任他們的專屬醫師。外界對他的技術跟知識評價很高，合作的邀約也一直沒斷過。」

「仙堂為何寫信給小笠原選手呢？內容是什麼？」

「很可惜，我們怎麼找都找不到，有可能也被他燒掉銷毀了。但我們認為小笠原使用違禁藥物一定和仙堂有關。」

紫藤心想，依這個狀況看來，這個想法應該頗為合理。

「那之後呢？」

「之後，某些體育人士透露，仙堂回到日本，住在山中湖的別墅區。我們本來想直接去找他談談這件事，可是……」

「他卻被殺了？」

「對。」

村山皺著眉頭，嘆了口氣搖搖頭說：「想不到事情會變成這樣。如果早一點去找他就好了，可是我們這邊也需要做很多準備，所以……」

看著村山懊悔的臉，紫藤一面沉思，認為仙堂被殺的時機實在太湊巧了。ＪＯＣ正打算向仙堂問話，他卻被殺——這真的只是巧合嗎？

「還有什麼人知道你們打算向仙堂問話嗎？」
「我想想，除了ＪＯＣ委員之外，或許也已經透露給一些交情比較好的體壇人士。」
「體壇人士……」
這樣的話也包含安生拓馬在內。想到這裡，紫藤感覺自己彷彿在黑暗之中抓住了一條救生索，真相就在不遠處了！
「自從山中湖的縱火殺人案之後，有人提出應該讓警方知道我們調查的事。但主流的意見還是認為很難確定我們的調查和案件有關係，而且如果造成警方搜查上的混亂也不好，所以決定先靜觀其變。」
村山的口氣與稍早全然不同，顯得很不乾脆。或許是怕招惹太多麻煩。
「所以，您決定今天跟我們談這件事，有什麼特別的理由嗎？」
紫藤有些諷刺地問。村山吸了口氣，回答道：
「因為安生被殺了。」
這個答案並不令紫藤感到意外。
「聽說安生以前是很有名的選手，舉重的嘛……」紫藤說。
「沒錯，實力很堅強的選手。」
村山稍微停頓了一下，一度垂下視線，但又馬上抬起臉說：
「這些話我只在這裡說，我們懷疑安生選手也曾經服用違禁藥物。」

「什麼？」

「會懷疑他，主要是因為競爭對手的舉發。對方發現他肌肉的鍛鍊上有點異常，而且還看見他在比賽前喝了某種藥。不過這些說辭都沒有得到證實，因為安生選手幾度接受檢查，但就是沒有檢測出有類固醇等藥物和興奮劑的反應。」

「所以說他是清白的囉？」

「表面上是這樣子，或是說，也只能下這樣的結論。但我們還是持續懷疑他，雖然他本人並沒有發現。」

「會有服用藥物，但是卻沒有被檢測出來的情形嗎？」

金井詢問道。光本針對這個問題如此回答：

「使用禁藥目錄裡沒有記載的藥物，就無法檢測出來；還有一些是難以辨認的禁藥。畢竟實際上，檢驗的技術總是比不上藥物開發的速度，尤其當時的尿液檢查可以說是漏洞百出。」

「道高一尺，魔高一丈啊！」

村山自嘲地笑著。

「假設，安生在選手時代服用禁藥，那他的案子就和仙堂與小笠原的案子有關聯了。」

紫藤說道。村山用力點點頭。

「所以我們才會對警察說明這些事情。」

「非常感謝你們的協助。」

紫藤再度鞠躬行禮。雖然覺得這種事早該通知警方，但光憑村山他們少數人的判斷是無法行動的。這點紫藤可以理解，畢竟所謂的「組織」就是這麼一回事。

「以上就是我們所掌握的所有情報，希望對你們有幫助。」

「等我回去通報搜查總部，大家應該都會感到相當振奮。」

「是嗎？」

村山看著光本，神情顯得安心不少。

「方便再問您兩、三個問題嗎？」

「請說。」

「您剛剛說，仙堂回日本這件事是從某些體育界人士口中得知的。可以告訴我們是誰嗎？」

「喔！那個啊⋯⋯」

村山從一旁的公事包中拿出資料，回道：「是帝都大學的中齋教授說的。他是運動力學的權威，也任職帝都大學的田徑隊的顧問。中齋教授跟仙堂好像以前就認識，他們今年七月還見了面。」

「七月！是為了什麼事情見面的？」

「詳細情形就不清楚了。好像是有位加拿大留學生想託教授照顧的樣子，希望他們田徑部可以收留那位選手。」

此時紫藤靈光一閃，問道：

「那個留學生是男生嗎？」

「不是。」村山搖搖頭說：「聽說是個女孩子。」

果然。紫藤硬是把這兩個字吞了回去。

16

過了中午以後，少女終於來到新宿了。

她往車站的西邊前進。回過神來，左右兩邊高樓林立，而這些建築物都是架高之後才開始往上蓋。也就是說，她現在走的街道變得比建築物的地面還低。

左邊出現一棟巨大建築，宛如軍事要塞。她曾經聽人家說過都廳[3]就在這裡，她想這應該就是了吧！

右側轉角處也有一棟高樓，上面寫著「凱悅飯店」。她在這個轉角右轉。她要前往的是高圓寺北邊，也就是丹羽的住所。

她昨天徹夜在停車場等佐倉，可是佐倉都沒有出現。所以她今天一早就離開那裡，畢竟一直等下去也不是辦法。

離開佐倉的住所後，她靠著手上的地圖往北走。昨天吃了早餐之後到現在都還沒進食，整個人陷入嚴重飢餓的狀態。於是她在途中的便利商店買了點東西，找到一個小公園在裡面吃了起來。

她就這樣沿著明治大道[4]北上，在中午以前抵達新宿。

這街道到處都是人，就像洪水一般人潮湧出，然後又有相同數量的人湧入。

在站前的廣場，一群青少年在跳舞。周圍聚集了很多看熱鬧的群眾，但無視於他們的路人也很多。她停下腳步，看著跳舞的青少年，可是不管怎麼看，她都覺得那舞蹈和音樂沒有關聯。他們整體的動作比起音樂的節奏似乎慢了些，還有幾個圍觀的少女在一旁配合他們的舞蹈打著拍子，打的卻是另一種節奏。

從這裡到新宿車站的西側，她花上將近一個小時的時間。因為對這裡的路不熟，所以走入了地下街。繞了幾圈，還跑錯了出口至少三次。

走出車站西口處，先在附近的咖啡店吃東西。男店員好奇地盯著她看。

在凱悅飯店往右轉的她，很快就到達青梅街道。走在交通流量很大的街道上，幾乎感覺

3. 東京都的行政中心，各種公家機關的總部都在都廳裡。
4. 貫穿東京九大區的環狀線道。

喘不過氣來。她繼續沿著青梅街道，往西的方向走。

之後過了將近一個小時，她抵達高圓寺。但那一帶沒有名字的小路很多，要找到目標的公寓又讓她費了好一番工夫。找到的時候，已經接近下午三點了。

她同樣地在附近的電話亭打電話，電話響了幾聲都沒人接，她推測丹羽應該是去工作了。這裡和佐倉的那棟公寓一樣，沒有完備的保全系統，也沒有看見管理員的身影。她光明正大的上樓去，從房號來看，丹羽住的地方應該是三樓。

她很快地找到房間，門上掛著３０２的號碼。她正在想該從哪裡入侵這個房間的時候，視線卻停留在貼在門上的小紙條，上面有幾行字。她撕下紙條專注地看著，不過只看得懂以下幾個字：

我這幾天□□。如果有□，請□□以下□□：
〒一九二　八□□市□八□□三　一四〇×
□□□□□□□
TEL　0426（61）××××
丹羽

太複雜的漢字她看不懂，但她知道「〒」是郵遞區號，「TEL」是電話號碼，於是猜想字條上面寫的可能是潤也的聯絡方式。

離開公寓，她一邊閒晃一邊找地方坐下來看地圖，不過周邊的公園連個長椅也沒有。她坐在車水馬龍的街道旁的護欄上，在膝上打開地圖。

這樣的姿勢她維持大約一個小時，但在地圖上就是找不到跟紙條上地址一樣的漢字。於是她想，這個地方或許更遠，而她從剛剛就只看著東京中央的位置。

闔上地圖，她面向馬路站了起來。路上依然有許多卡車或轎車來回穿梭。

一開始，她看不出來哪些是計程車，後來她發現某些車子車頂上有東西的就是計程車。所以當這種車靠近時，她便舉起手，可惜車子後座都有乘客。

終於有一部黃色的計程車停了下來。她上了車，戴著眼鏡的司機回頭一看，皺著眉頭說：

「哎呀！妳不是日本人吧！日文沒問題嗎？」

她點點頭，把從潤也家門上撕下來的字條遞給司機。司機接過去一看，用陽剛的聲音說：「喔！八王子啊，ＯＫ、ＯＫ。」看完便把字條還給了她。

她這才知道自己要去的地方叫做八王子。

司機伸出左手，按下一個紅色的東西，下面的計數裝置便亮了起來，顯示的數字緩緩變動。不過她不懂這究竟是顯示距離，還是顯示費用的。

總之，車子開動了……

17

下午四點整，紫藤等三位刑警穿過帝都大學的門。除了紫藤和金井之外，還有昨天一起拜訪安生家，來自本廳的根岸警部。

走進眼前的校舍，學生事務處就近在咫尺。他們表明來意後，一位女職員幫忙打電話聯絡。

「教授的助理馬上過來，請先稍等一下。」掛掉電話後，女職員說道。紫藤一行人點點頭。

和JOC的村山等人見過面後，紫藤立刻通報山梨的搜查總部。對於調查禁藥因而發現仙堂和安生拓馬之間的關聯，這項消息帶給山科很大的鼓舞，因此馬上指示要他們與夏天還和仙堂見過面的中齋教授取得聯繫。當然，紫藤等人也打算這麼做。

村山告訴他們一組電話號碼，打過去正好是中齋接的。開門見山地表示要和他談談仙堂的事，中齋教授回應道：

「這樣啊？我也在想有一天警察會找上我。」

當然，他應該知道仙堂被殺的事情，所以這樣的回答也還算合理。

中齋說今天剛好有空，紫藤便和他約了下午四點見面。他們故意空出一小段時間，便於到成城署的搜查總部打個照面，畢竟在東京擅自行動不太好。

紫藤一行人也提供了ＪＯＣ村山先生的情報給成城署。不過看來成城署已經知道安生拓馬曾經疑似使用禁藥一事。

「安生是位有名的選手，但在選手同儕間的評價並不好。雖然被評選為國際隊成員，但他不太和其他選手說話，也不喜歡一起練習，再加上沒有教練跟隨，他總是一個人。」

根岸警部告訴他們。

「但是，比賽還是贏了，這樣嗎？」

「沒錯。總之，他肌肉的活動狀況跟其他的選手完全不同，因此用藥之說不脛而走。雖然可能是沒有任何依據的中傷，不過既然聽到了這樣的風聲，還是有必要從這個方向做徹底的清查。」

看來根岸他們也打算直接跟ＪＯＣ的人接觸。

另外，關於安生被殺他們也掌握了一些新的證據。首先，犯人可能已經換過衣服。

「在健身俱樂部的一樓運動用品專賣店裡，遺失了一件黑色防風運動衣和一雙白色襪子。很有可能是兇手拿走了。」

「所以說，兇手現在已經不是穿著那件誇張的運動衣了。」

「很有可能。不過，也不是說完全不醒目，再怎麼說她的身高也有一百九十幾公分，而且又是女孩子。事實上，兇手一直騎著自行車往東京都中心的方向，從昨天傍晚我們就沿著主要道路周邊的商家進行查訪，得到一個有利的情報。」

「發現什麼了嗎？」

「還不能斷定。」根岸並沒有把話說得太滿：「昨天早上，在澀谷車站附近的咖啡店，有一個穿著黑色運動夾克跟短褲，個子很高的女生在裡面用餐。她食量很大，不用多久就吃了一個漢堡跟三明治。根據服務生的說法，這個女生好像不是日本人。」

「這樣啊……」

根據拓馬的妻子惠美子的證詞，在拓馬被殺之前，曾經有個很像外國女生的人打電話到安生的家裡。

「看得出來是哪一國人嗎？」

「黝黑的肌膚，但感覺並不像是黑人。戴著太陽眼鏡，並不是很清楚她的樣子。」

「運動墨鏡也是兇手的特徵之一。」

「最近，外國人也不是那麼少見，但這個證詞已經符合了相當多條件。而且……」

根岸裝模作樣似地停頓了一下，繼續說道：「她還在桌上攤著地圖。」

「地圖？」

「服務生說，應該是道路地圖。」

「但兇手拿的，應該是從別墅偷出來山中湖一帶的自行車路線圖吧？」

「或許她是在哪裡買的。現在正在調查澀谷車站周邊的書店。」

說到這裡，根岸很有自信地點了點頭。

不過紫藤還是有點在意店員的證詞。

萬一，那個女生真的是兇手的話，那她為什麼要看地圖呢？很難想像是在研究逃亡路線。還是說，她可能想去什麼地方？那又是哪裡？是不是去找下一個目標了呢？

不祥的預感從紫藤腦中閃過。

雙方討論到一個階段，根岸也決定和他們一同前往帝都大學。對紫藤來說，這樣也比較方便，省了一道聯絡的手續。

「等會兒請你們先發問，如果我這邊有想問的事情會再提出來。」

在學務處櫃台等待時，根岸說道。這和昨天去安生家時，立場有些轉變。身為轄區員警的他，主導訪談確實沒有不妥；但讓紫藤等人先發問，也算是給這些特地北上的員警一點面子。

「是警察先生嗎？」

一位身穿白衣的女子開口問他們。「對。」紫藤回答道。

「讓您們久等了，這邊請。」

女子張開雙手招呼他們。看來她就是中齋教授的助理。

中齋教授的研究室就在這棟建築物的二樓，裡頭有各種運動器材與各式儀表凌亂地擺放著。在這房間一隅，出現了一位穿著訓練衣、年約五十、體格強健的男人，曬得黝黑的臉跟蒼白的頭髮形成強烈的對比。

互相自我介紹後，他們在破舊的沙發上坐了下來。

「妳先離開一下。」中齋對端著即溶咖啡過來的女助理說。她簡短地回答：「好。」之後便出去了。

「搜查的部分進行得如何？」

中齋喝了一口咖啡後問道。

「沒什麼進展，不過總算對仙堂的事情有點了解。」

接著紫藤馬上切入正題：「中齋教授，您認識仙堂先生吧？」

「認識。而且我想您應該也已經知道，我們今年七月的時候碰過面。」

「我還知道他想託您幫忙照顧一個留學生。」

「他說六月開始有一個從加拿大來的女生住在他家，要我收留她，意思其實是希望我讓她進入田徑隊。」

那個高個子的女生是在今年六月到日本的嗎？這讓紫藤感到意外。依目前調查的結果，感覺她應該對日本的風俗跟語言都很熟識。

「您知道這個女孩子跟仙堂的關係嗎？」

「他說是在加拿大認識的女孩子，但我想當然不只是這樣吧！可能是他在加拿大發現的金雞蛋，然後再加以改造……」

「改造？」

紫藤問道。中齋眉頭深鎖，右手微微上揚。

「這個話題等等再談吧！很複雜。」

紫藤不太懂他的意思，總之就先順著中齋先生的意思。

「那麼，要從哪裡問起好呢？」

「是這樣的，首先來談談仙堂過去的經歷吧！」

中齋挺直腰桿，靠著椅背坐正，娓娓道來：「詳細情形我不是很清楚，但聽他本人提過，他本來是打算繼承家業進入醫界，但後來他發現自己真正有興趣的是人體改造，而非治療，尤其是當年納粹黨所做的各種人體實驗更令他神往。他蒐集了許多相關資料，還因此去了歐洲。」

「為什麼他會對這個有興趣呢？」

金井問道。

「我到現在也想不透。但他從小就個子嬌小，體弱多病。我想會不會是因為這種自卑的心態造成？」

「這或許有可能。」

紫藤認同這個觀點。很多罪犯的犯罪動機，都來自那些看似微不足道的自卑感。

「事實上，我對他的了解就到這邊了。」

中齋看著刑警們的臉說：

「之後就沒有人知道仙堂在哪裡做了哪些事，他也不跟他人提起。但有傳言他去了巴爾幹山。」

「巴爾幹山？」

紫藤跟金井一同出聲。

「就是保加利亞內地。那裡有前東德和保加利亞共同做運動科學研究的研究所。」

「仙堂在那裡做什麼？」

「當然是以禁藥為主，研究如何對運動選手做肉體改造吧！他應該在那裡得到了先進的技術和豐富的知識，之後再向西發展他的事業。不過這些都是未經證實的傳聞。」

「那個研究所現在還在嗎？」今井問道。

「不在了，因為民主化的影響，聽說那裡已經關閉了。」

「仙堂在那裡待到什麼時候呢？」

紫藤一問，中齋稍微歪著頭思考，回答道：

「他至少在十幾年前就離開了那個研究室。之後，他奔走各國，以運動專醫的身分受雇，還會帶外國選手回日本，我就是在那時候跟他認識的。之後他就住在加拿大，應該是住蒙特利爾。」

紫藤點點頭。仙堂寄給小笠原彰的信封袋上確實也寫著這樣的地址。

「他在加拿大做什麼？」

「問題就在這裡。」

中齋稍微喘口氣，喝了一口咖啡，繼續說：「我們得到的資料顯示，加拿大魁北克省那裡擁有一套和巴爾幹山一樣的設施，但那不是公有的，是屬於私人設備。那個地方在兩年前被拆毀了，而仙堂當時可能就受聘在那裡工作。不過這也僅止於傳言。如果是真的，他在那裡又從事些什麼工作，就不得而知了。不過，之前小笠原自殺，讓我更確定仙堂跟禁藥果然有關係。」

「原來如此。」紫藤認為這個說法很合理，繼續追問：

「加拿大的研究室在兩年前拆掉之後，仙堂又在做什麼呢？」

「大概就在日本和加拿大之間來來回回吧！雖然不清楚他這麼做的目的，但多半和他這次帶回來的女孩有關。」

「什麼意思？」

「他想讓在加拿大那邊發掘的金雞蛋，在日本大放異彩吧！另外也有傳聞，說他接收了當時研究室裡的機器。所以，也許這兩年就是為了迎接少女的籌備期吧！」

「原來如此。」

紫藤心想，這樣一切就說得通了。

仙堂花了兩年的時間，在那個別墅的後面設置了一個訓練室。

「那個少女是田徑競技選手嗎？」

這是根岸的第一次發言。中齋緩緩地點頭，說：

「仙堂曾經很自豪地說，她跑跳投各方面都發揮了超人的能力。他想讓這個選手從日本出發揚名國際，才想讓她寄留在這裡的田徑隊，一方面也牽涉到她之後出社會的就業問題。」

「那教授您怎麼回答他呢？」

「當然是直接回絕了。」

中齋口氣十分堅決地說：「那個時候還沒發生小笠原的案子，但我對仙堂這個人存疑，覺得那個女生應該也是用類固醇或成長荷爾蒙肉體改造過的選手吧。後來小笠原自殺、新聞又出現仙堂的名字，就很慶幸自己當時沒有接受他的請求。」

對於自己正確的抉擇，中齋用著喜悅的口吻說道。

「關於那個加拿大研究室的詳細情形，有沒有誰知道呢？」

紫藤問道。但中齋一聽到這兒，突然皺著眉頭：「我想日本應該沒有人知道那個設備的事情。不，應該說就算是加拿大的選手跟教練大部分也都不知道，連研究室在魁北克省的哪裡也都不曉得。」

「沒有人去過那裡嗎？」

「沒有。據我所知是如此。」

但小笠原彰應該去過，紫藤心想。而且他就是在那個時候從仙堂手中取得禁藥。

問題是，只有小笠原彰一個人使用藥物嗎？

「關於仙堂的事情，我知道的就這麼多了。他這個人雖然頗具爭議，但也確實相當優秀。所以說，知道仙堂被殺，比起悲傷，更讓我覺得惋惜。」

中齋最後下了這樣的結語。

「對於殺了仙堂的犯人，你有沒有一些頭緒？」

「完全沒有。」頭髮斑白的教授搖搖頭如此回答道。

紫藤看著根岸，示意他可以補充其他問題。根岸微微點頭，看著中齋先生問道：

「仙堂來拜訪您的時候，是否給您看過那位留學生的相片？」

「沒有，我沒看過。但他要我跟那個女孩子見見面，還說如果我看到她應該就會有興趣。看來他對自己的『作品』相當有自信呢！」

「作品」……紫藤仔細玩味著這個說法，或許真是這樣吧！

「您聽過那個女孩子的名字或是其他相關的事情嗎？」根岸進一步詢問。

「沒有，沒有必要知道。」

「除了教授您以外，還有沒有誰從仙堂這邊得知那個女生的事情呢？」

「這個嘛！我想應該是沒有。」

回答完後，中齋教授微微欠身，說：「就是那個女孩子幹的吧？攻擊警察、奪走手槍，還連續犯下殺人事件。」

果然他也察覺到了。

「還不能夠十分肯定，不過很有可能。」

聽聞紫藤回答，中齋教授嘆了一口氣，露出苦惱的神色：

「仙堂留下了這麼可怕的一個人啊……」

「教授拒絕了仙堂後，他又有什麼打算呢？」

「這個嘛，我也不清楚。或許他會直接跟協會交涉吧！」

從中齋教授的話可以推知，兩年前開始，仙堂就一直負擔這個少女的一切，應該是希望她能夠盡早以選手的身分出道吧……

紫藤也索性詢問了中齋關於安生拓馬的事情。但是正如他所想的，中齋教授似乎不清楚舉重界的事情。

「在日本田徑選手當中，有誰曾經被懷疑使用過禁藥嗎？」

被問到這個問題，中齋一改原本穩重的神情，臉色一沉，回答道：

「沒有。」

他的口氣相當堅決：「要是有人這樣做，馬上就會被發現了。日本田徑界的人應該不會這麼遲鈍。」

如果真的是這樣就好了。紫藤把到嘴邊的話硬是吞了回去。

「看情況，也許我們得派人過去加拿大調查。」

回成城署途中，根岸如此說道：「畢竟我們沒有那麼多時間查明兇手的身分。」

「總覺得兇手接下來還會有行動。如果攻擊目標只有安生就好了。」

紫藤這才將一直以來的疑慮說出口。

「我有同感。」根岸也點點頭。

他們回到成城署後，這樣的不安情緒越來越強烈。進入成城署會議室裡，本廳的小寺警部向他們招手。

「根岸，有人看到那個高大的女生在書店裡買地圖喔！」

「真的嗎？也是在澀谷嗎？」

「在車站前的書店裡，女店員記得這件事情。昨天中午以前，在地圖區有一個外國女生，那位店員還幫她找東西。這女生身穿著運動夾克，結實的大腿穿著短褲，還戴著深色的太陽眼鏡，聽說身高有一百八十幾公分以上。」

紫藤在一旁聽著，心想：果然特徵一致。

「這女生給了女店員一張字條，上面寫著人名跟地址。女店員認為她應該是想找字條上的地址，所以就介紹她一本簡單易懂的東京地圖手冊。」

「女店員記得字條上面寫的名字跟地址嗎？」

對於紫藤的疑問，小寺原本趾高氣揚的態度才趨緩，回說：

「她說都是東京都內的地址，但不記得是哪裡了。只是有一點印象，其中一個地方在高圓寺。」

「高圓寺？這麼說來，字條上寫的地址不只一個囉？」根岸問。

「沒錯。」

小寺有些不耐地點點頭：「上面好像寫了三個人的地址。」

「三個人……」

紫藤不禁低語。如果說這個女生就是犯人，那鎖定的目標便超出他們的預期。

「那接下來調查方向呢？」根岸詢問道。

「總之先對高圓寺一帶進行查訪，然後加強巡視。再列出住在高圓寺一帶的運動員名單。」

或許是因為自己是根據紫藤蒐集的情報來下判斷，小寺遂將視線轉移到紫藤身上。

「那搜查方面有沒有特定幾個重點人物？」

「目前為止已經列了幾個人。」

小寺把放在桌上的字條交給根岸。

「和他們本人聯絡過了嗎？」

「還沒有。不過，已經有搜查員在他們住家周圍暗中埋伏了。再者，犯人可能會出現在高圓寺。準確率至少百分之三十。」

「但也要確定買地圖的那個女生就是兇手吧？」

根岸把手上的字條給紫藤。上面有五個人的名字，但紫藤最先把目光放在「前田徑短跑選手」這樣的頭銜上。他想起中齋教授說過，田徑界沒有人使用非法途徑。這位前田徑短跑選手的名字是丹羽潤也。

18

計程車停在四周都是水泥圍牆的建築物前。

「字條上寫的地址就是這裡。」

司機先生回頭，用手指著建築物的二樓：「桂化成工業田徑隊宿舍——青葉莊。這裡就是那張紙上寫的地方。」

從他的話中，她知道自己已經來到某某田徑隊的宿舍了。

她一如往常，從口袋中捧出全部的錢給司機先生。

「什麼？妳的意思是要我自己拿嗎？」

他看了看計錶器上的數字，從她手中拿走該拿的錢。現在只剩下一些銅板了。

「走囉，Goodbye！」

下車時，計程車司機還向她道別。

車子離開後，她再度看著這棟建築物。二樓每隔一定的距離就有一扇門，應該就是選手的房間，不過現在沒有半個人影，靜悄悄的。她想起剛剛來到這裡的途中經過了一個運動場，選手們還在練習，所以丹羽應該也在那裡。

她慢慢地往回走。

大約十分鐘後，她的左側出現了一個運動場。周圍幾乎都是農田，並不是住宅區，運動場旁道路的對面是一塊還在施工的空地，空地上還有一台彷彿被遺忘的堆土機。空地後面更遠處有棟大的白色建築物，看起來像學校也像醫院。

她靠近運動場周圍的鐵網，裡面有很多選手在活動。距離她最近的是一個練習跳遠的沙坑，一名男選手跳了一次，但跳得並不是很好。

對面的跑道上也有好幾組選手，有的在練跑，有的在做柔軟操，應該都是長跑選手。她聚精會神地尋找丹羽潤也的蹤影。他正在指導一位女選手練習起跑的動作。以短跑來說，這位選手的肌肉不夠發達，但丹羽還是熱心地指導她。

後來少女發現，剛才練跳遠的男選手正一臉驚訝地看著自己，於是她很快地離開了鐵絲網。

運動場的停車場入口處上停了兩台廂型車，角落有一間類似倉庫的建築物。

這時她聽到有人說話，於是立即躲到車子旁邊。兩名女子選手從運動場上回來，一個朝馬路走去，準備回宿舍；另一個拿著捲尺，走進那間倉庫。等她出來的時候，手上已經沒有拿捲尺了。

等到四下無人，她才站起來，進了那間小屋。果然是間倉庫沒錯，裡頭有畫線的白漆和整理運動場用的鐵鍬，以及障礙賽的跨欄、跳高用的墊子、槍、鐵餅等的田徑運動使用的工具，各式各樣的器材塞滿了整個小屋。

她走進堆積成山的紙箱之中躲起來。從紙箱之間的縫隙可以看見門口的情形。

不久，外面開始有點嘈雜的聲音，看來是其他選手來了。

兩名男選手進到倉庫裡。

「運動的時候，我的手腕感覺怪怪的，好像左右的平衡感不對。」

「是不是跟你之前的腳痛有關係啊？」

「對喔，應該吧。真煩耶！偏偏就快要熱身賽了。」

兩個人把東西收進櫥櫃後離開。

之後，又有一名女選手跟一名男選手進來，放完訓練機器跟計測器後也就離開了。

最後，另一名女子選手單獨一人進來，就是接受丹羽訓練的選手。她把手上的助跑器收到櫥櫃後，準備轉身往出口的方向走去。此時少女趁勢跳出來。

女子選手聽到後面有聲音，回頭一看。看見突如其來的巨大身影，表情完全僵了。還來不及出聲。

少女摀住她的嘴巴，並把她押到牆角去。接著從運動夾克的口袋中拿出槍抵住她眼睛的下方。女子選手全身發抖，變得相當柔弱。

少女架著槍，把這名女子選手帶到剛剛自己藏身的地方。讓她蹲下，上面放著紙箱，然後自己再躲起來。

之後又有一個女子選手走進來了。

「友實子……奇怪了。不在嗎？」

這名選手一瞥倉庫後，走到外面去，說道：

「教練，友實子好像回宿舍了。」

「那倉庫就鎖上吧！」

一名男子出聲說道。

「好。」

回應後，倉庫的門關上，接著傳來上鎖的聲音。

19

桂化學工業田徑隊的宿舍，早餐跟中餐時段所有人都會在固定時間到齊，至於晚餐則是從六點到八點，選手們在這段時間內隨時都可以下來用餐，想外食的人只要跟餐廳的人說一下就可以了。不過一般而言選手不會隨意外食，這裡的餐點都是配合選手各自的身體狀況調理出來的，無計畫的飲食只會毀了自己的身體狀況，這也是所有選手最不想見到的。

丹羽潤也在六點半的時候來到餐廳。平常住高圓寺公寓通勤的時候，晚餐也會在這裡吃完再回去。一邊吃晚餐，一邊跟選手聊聊當天的訓練，檢討並修訂練習計畫，已經成了他的習慣。

這天晚上，幾乎所有的選手都在餐廳用餐。比較早用完的選手，也會坐在角落的茶几邊看看體育新聞。

潤也在找中原友實子，她是潤也正全力指導的一位短跑選手。除了持續進行提升肌力的訓練，就連食譜也都是特地為她準備的。

潤也並沒有看到友實子的蹤影，只好找個空位坐下來等。他心想，友實子可能在洗澡才會這麼慢吧。最近的女選手洗完澡都會做些美膚的保養等等，比起一般的女生還要花時間。要是以前，運動選手注重這些的話，人家就會說她們不成材吧……

他拿起放在一旁的報紙，習慣性地打開社會版新聞。「連續殺人犯是身材高瘦的女子？」的標題隨即映入潤也的眼簾，不用看也知道內容是什麼，旁邊還附上嫌疑犯裝扮的繪圖。

潤也心想：她應該不會到這裡來吧？依他的判斷，那個怪物應該會先對翔子和有介展開攻擊；他還預估，搞不好在途中就會被警察逮捕了吧！要是被警察射殺了也很好，只是他不敢奢望。總之潤也只希望自己能早日擺脫這個攸關生死的威脅。

今天，他很早就來到宿舍。本來預定要搬入三人房，但因為湊巧有空房，所以很幸運地自己一個人可以獨佔一間兩人房。想一想，這比在高圓寺的公寓更舒適。

事情結束之前暫時先住在這裡好了。萬一仙堂的事情曝光，那就只好碰運氣了，就算是賠上教練生涯也無所謂——潤也這樣想著。

「我吃飽了。」

「我也吃飽了。」

旁邊用餐的選手們一個接著一個用完餐，收拾後離開，餐廳只剩小貓兩、三隻。

「丹羽老師，您不用餐嗎？」

餐廳櫃台的另一端，煮菜的婆婆對著潤也問道。

「我在等友實子，她已經吃完了嗎？」

「友實子？還沒啊！」

「還是她要在外面吃呢？」

「有嗎？沒聽她說耶！」

潤也從椅子上站起來，走出餐廳。休息室裡有四名女選手在看電視。他問她們友實子的去處，她們都說不知道。

「這麼說的話，從運動場回來後就沒看到她了。」

這麼一說，她們四人有些不安地看著彼此。

這四人當中有一個是友實子的室友，潤也請她回房間看看友實子在不在，或許她身體不舒服在休息。但幾分鐘後，那位室友回來說友實子不在房間。

潤也內心七上八下，跑到宿舍四處找她，還去了健身房和按摩室，但卻還是沒看見友實子的蹤影。他覺得很奇怪，之前從來沒有這種情形，而且也吩咐過她外出得先報備的。

本來想向總教練報告請大家分頭找，但潤也很快地打消了這個念頭。說不定友實子只是到外面去而已，要是引起騷動，之後會讓友實子倍感壓力。友實子並不是很堅強的女生，她的情緒很容易反映在成績上。

會不會還在運動場上呢？這樣的想法湧上潤也的心頭。今天做起跑練習的時候，潤也對她說了重話，她會不會一直放在心上，獨自留在運動場上練習呢？

潤也開車前往運動場。

很快地，左邊就是運動場。那裡沒有照明設備，再加上附近沒什麼建築物，太陽下山之後，那裡顯得一片漆黑。潤也放慢車子的速度，專注地看著運動場上空無一人的樣子。

他把車子停在停車場。下車環顧四周，可是友實子好像不在。

到其他地方找找吧——潤也心想。準備再次上車時，突然聽到「哐」一聲。回頭一看，倉庫的門打開了。

「友實子？」

潤也呼喊著，可是沒有任何回應。他慢慢走近倉庫，門雖然打開了，但裡面也是一片漆黑，沒有開燈。

「喂！」

潤也站在倉庫門口再度出聲，還是沒有任何回應。他伸手打開牆壁上的電燈開關，日光燈隨即照亮整個室內。他看見友實子躺在跳高用的墊子上，手腳被膠帶捆住，嘴巴也被塞住。看到友實子閉著眼睛，應該失去了意識。

「友實子！」

潤也一面喊叫，一面奔向她。正準備向她伸出手的時候，他突然感覺到頭上有一股微弱的氣流。

一個黑色巨大的身影從箱櫃上飛躍而下，瞬間跳向潤也身後。

才剛著地，她便將結實的雙臂伸向潤也，抓住他運動服的衣襟。潤也死命地揮開她的手，向後退了好幾步。對方匍匐在地上，蓄勢待發地盯著他看。

就是這傢伙嗎？潤也屏住呼吸。黝黑的肌膚、如黑豹般銳利的眼神，充滿野性的深邃輪廓，以及結實強健的肌肉包覆的軀體。瞬間，他感受到她的美。

看見黝黑的少女再度向他撲來，潤也沒命似地順手拿起周邊的東西丟她，有起跑器和固定用的鐵鎚等等。少女輕鬆地揮掉潤也丟過來的東西，只是附著在起跑器上的泥土飛進她的眼睛，她皺起眉頭，右手摀住眼睛。潤也趁機將箱櫃一個個推倒，把她壓在下面，還把立在牆邊的幾支拋槍一股腦地揮落，才從入口處逃走。

他跑回停車的地方，打開車門上車，然而少女再度出現在倉庫的門口。他發動引擎，打開車頭燈。少女左手抱了一推東西，右手也拿了一些。在注意到她手上拿的是拋槍之前，潤也已先倒車，拚命地把汽車方向盤打到底想要掉頭。之後，他看到少女的右手有了動作。接著潤也聽到一聲巨響還感受到了衝擊。他看了看副駕駛座，一支長槍貫穿車門，插入車內足足有十公分之長。

尖銳的槍矛，幾乎讓他心臟少跳了一拍。

他一面顫抖，一面拚命地踩油門。離開停車場時，插在副駕駛座的槍勾到停車場的門。潤也稍微倒車，再全力衝刺。在一陣刺耳的金屬摩擦聲之後，槍終於脫落了。

但過沒多久更大的衝擊向他襲來。才剛聽見背後傳來劇烈的破碎聲，眼前的擋風玻璃馬上也跟著裂了！少女拋出的第二支槍穿過車子後面的玻璃，從副駕駛座上方刺破前面的擋風玻璃。潤也看著距離自己不遠的銀色槍柄，彷彿聽到自己臉上血液汩汩流出的聲音。

恐懼令潤也動彈不得，他想把車開走，卻發現車子的引擎已經失靈。慌張中轉動汽車的鑰匙，但只聽見馬達空轉的聲音。他回頭望向後方，少女肩上架了三支槍直奔而來。她肯定是在助跑，準備拋射手裡的槍。

已經沒有時間再發車了，潤也打開車門，連滾帶爬地下了車。幾秒鐘不到，她射了一槍。跟剛剛一樣，長槍穿過車後玻璃，刺入方向盤前的儀錶板。雖說射程不遠，但她的準度還是令人咋舌。要不是他逃離車外，肯定一命嗚呼。

潤也臉色慘白地看著少女。她手上還握有兩支槍，但看來似乎沒有馬上要出手的樣子。看見潤也從車上下來，她便以驚人的速度追了上來。

潤也拔腿就跑，只有逃走是唯一可以活命的機會。他已經沒有力氣再對抗她了，這傢伙不是人，是怪物……

回宿舍的路只有一條，他盡全力死命地狂奔，以像當年告別體壇前的亞洲大賽一樣的誓死決心跑著。不可思議的是，在這危急的時刻，潤也腦中瞬間閃過當時的情景。

他最拿手的項目是四百米短跑。雖然以短跑而言，較具代表性的是百米賽跑，不過以東方人的體力來說很難勝過世界強敵，所以有機會勝出的就只有四百米了。

然而潤也在學生時代，在國內還是遲遲沒有奪冠。在他前面有兩位強勁的對手，沒辦法贏他們的話，想在國際大會上出賽是非常困難的。

就在那個時候，他遇到了仙堂之則。

這個男人很有技巧地帶領潤也進入惡魔的世界。那時對潤也來說，簡直就像遇見了神奇的魔法師。

「只要照我的話去做就可以了。相信我，什麼都不用擔心。」

仙堂時而動之以情，時而威脅利誘，簡直看透了潤也的心思。

就在接受他所說的一切後，潤也實現了長年的願望。刷新紀錄、日本代表、國際舞台都唾手可得，潤也因此獲得了名譽跟安定的生活。

但是我到底是為了什麼而跑？潤也思索著。是為了證明自己的實力嗎？但那算是自己的實力嗎？還是為了獲勝？為了跑贏誰嗎？但我並沒有贏，或許就連跑也算不上。

他突然聽見有東西劃破空氣的聲音。

潤也憑直覺地往左邊閃。下一秒，一支槍從他的右側劃過。槍插入地面後沒有停下來，只聽到「嘎」的一聲，像滑雪一般，長槍把路面的柏油削了一大塊。

這個畫面讓潤也雙腿一軟。不管怎樣，也只能跑了。可惜他的肌肉已到了極限，他的速度漸漸地慢下來，胸口跟心臟都疼痛不已。

潤也一邊喘息著，一邊回頭看。他感到絕望，那個巨大黑色的怪物正在他背後步步逼近。她架著槍，絲毫沒有一點疲憊感，肌肉的狀態極佳。

潤也還不肯放棄，可是雙腿就是不聽使喚，已無力前進。救命啊，他想大叫，但此刻他連呼吸也感覺痛苦。

潤也停下腳步，他沒辦法再跑了。

他轉過身來，正面迎向那個要來殺他的怪物。要來就來吧！

少女很快地追到他的面前。

她加速腳步，將全身的力量凝聚在右手奮力一拋。

長槍閃過的那道光，是留在潤也眼裡的最後一個影像。

20

晚上十點過後，潤也的屍體才被發現。發現的是桂化學工業田徑部隊的總教練伊吹。在八王子署搜查員警做的筆錄中，伊吹提出以下的供詞——

「有一位叫田村的女子隊員，九點左右來找我，她說中原友實子還沒有回房間……對，田村是中原友實子的室友。門禁時間是十點，所以中原並沒有違規。不過據田村的說法，晚餐時丹羽教練一直在找她，後來還開車出去找她，可是丹羽也沒有回來。這點讓我有點擔心，所以就到他們可能去的地方找找看，雖然我也不確定他們會去哪裡，頂多想得到運動場而已，反正距離很近就立刻過去看看了……對，我開車去的……你說地上的血嗎？去的時候我完全沒有注意到，畢竟作夢都沒想到會發生這種事。走到運動場的入口，看到丹羽的車子時我嚇了一大跳，原本還以為是交通事故，可是怎麼看都怪，仔細瞧發現車上居然插著長槍！我完全無法理解這到底是怎麼回事，接著我看到倉庫的電燈是開著的，就走進去一探究竟，結果裡面亂成一團，還看到中原被綁著，瞬間我腦筋一片空白，完全無法思考，只知道要快點解開友實子手腳跟嘴巴上的膠帶……膠帶嗎？那是倉庫裡原本就有的東西。我問中原發生了什麼事情，但她的思緒也很混亂，答不出個所以然。而且她可能昏睡了滿長一段時間，所以也不知道丹羽來過。我先帶她上車，送她回宿舍以後再回到運動場附近，那時候才發現了那些血。我原本還以為是汽油之類的，還覺得很危險，畢竟我從沒見過那麼大量的血啊。但仔細一瞧，顏色很奇怪，擦痕還延續到路邊。於是我拿車上的手電筒往路上一照……還以為是人偶呢！那時我還是沒有意識到地上的是血跡，當然也無法確定那就是屍體。總之怪到了極點。而且我只看了一秒左右吧，就嚇得一溜煙奔回宿舍，然後才報警的。」

發現了慘死的屍體之後，警方便緊急加強戒備。從死亡時間推斷，案件發生已經過了兩個小時。如果兇手開車逃逸，不只是八王子署轄區，根本可能已經離開東京。因此警方在高速公路的出入口跟收費站，還有周邊幾個重要車站設為重點，增加警力，並加以搜查可疑的人物或車輛，亦在附近一帶開始進行查訪，在家休息的署長也立刻趕來，親自坐鎮指揮。

屍體被遺棄的地點是在距離運動場大約七百公尺左右的地方。從血跡的狀況來看，死者是在馬路上遇害之後滾到河堤下面的。

死者身分馬上得到確認，果然是桂化學工業田徑部隊的教練丹羽潤也。死者的胸口有穿刺傷，一直貫穿到背後。凶器被丟棄在屍體旁邊，據判斷這凶器是田徑部隊的比賽用槍，伊吹也證實了這東西是桂化學工業田徑部隊所有。警方推斷，兇手為了讓死者滾下河堤才拔出槍，因此造成死者大量出血，加速其死亡。另外鑑識人員還表示，由於凶器很長，兇手行兇時身上濺血的可能性很小。

現場附近沒有住家，道路還在施工當中，交通量很少，因此搜查小組也不期待會有目擊者出現。

這次的兇手並沒有使用手槍，所以搜查員警一時沒有將這個案子與連日以來發生的連續殺人做聯想。終於等到中原友實子恢復理智後，警方才從她的證詞中得到提示。做筆錄時她說話還是斷斷續續毫無組織能力，經整理過後，內容大致如下——

「練習結束，把東西拿回倉庫的時候，突然有人摀住我的嘴巴，還用槍抵著我，硬把我拖到暗處躲起來。田村同學在我之後進了倉庫，可是我怕一出聲就會被殺掉，只好一邊發抖硬是忍住沒有叫她。當時天色還不是很暗，有微弱的光線從窗外透進來。兇手拿著槍指著我，一面翻箱倒櫃找到了膠帶。她一隻手就把我的腳捆住，接著把我的手繞到後面捆起來，最後再封住我的嘴。我真的好害怕，覺得自己根本活不了了。兇手是個個子很高的女生，比起我足足高出二十公分左右。而且，她擁有常人無法想像的發達肌肉，力氣也相當驚人。我沒看清楚長相，因為她當時戴著太陽眼鏡。但跟日本人比起來，她的輪廓似乎比較深。她穿著黑色運動夾克，底下穿著賽車短褲，那個牌子的用品我也有。後來天色變暗，我變得很想睡，而且覺得自己很奇怪，遇到這麼可怕的事情居然還會想睡。不過我想或許是精神持續過度緊繃，有點彈性疲乏吧！後來聽到一聲巨響我才醒過來，張開眼睛的時候，我一時還搞不清楚自己在哪裡。周圍簡直就像颱風侵襲過一樣，一片凌亂。我還反應不過來的時候，倒在我前面的箱櫃就動了，那個女殺手就從下面出現。她移開重重障礙，抱起倒在一邊的長槍離開倉庫。之後的事情我就不清楚了，只聽到外面有很劇烈的撞擊聲。過沒多久，那個女生回來，她披上黑色運動夾克，撿起掉在地上的地圖，再度離開倉庫。那時候她連看都沒看我一眼，後來我一直喊救命，可是都沒有人來。所以總教練出現的時候，我的眼淚就停不下來了……」

友實子的供詞當中有幾個重要的線索，就是高個子的女生、黑色運動夾克、賽車短褲以及太陽眼鏡，最重要的是手槍。這和本部正在處理的連續殺人案的兇手特徵不謀而合。即刻進行指紋比對之後，確定兇手是同一人。這樣一來，緊急加強警力戒備的區域又擴大了。

截至目前為止的調查顯示，兇手沒有開車。依常理推斷，兇手應該會使用最近的大眾運輸工具逃逸。然而這個兇手只要靠著徒步或是自行車就能逃得很遠，而且速度超越常人的水準。

本部下令，要求各區警官們加強警戒——絕不能漏掉任何一名可疑的人。

但是，即便努力地搜查，還是無法掌握兇手的行蹤。時間越久，搜查網範圍漸漸擴大，各據點的警力明顯不足。過了午夜零時，搜查員也開始焦急。

身旁一通緊急電話響起，像是在嘲笑他們的焦慮……

21

殺了丹羽潤也後，她為了偷自行車，藏匿在桂化學工業田徑部宿舍的停車場內，畢竟她不敢肯定光靠自己的雙腳能夠逃多遠。當時還不是深夜，屍體可能馬上就會被發現。況且她還是希望可以儘早去找另外兩個人報仇，而目前距離他們的所在地應該還有一段路才對。

停車場的角落是自行車停放處，停了近十幾台的自行車，每一台看起來都很新，而且幾乎沒有上鎖。她一方面覺得很奇怪，一方面又覺得慶幸。她從眾多沒有上鎖的自行車中挑選了大一點而且比較輕的。

她跨上一輛把手較低的競技自行車，駛進黑夜的道路。這輛車讓她的速度變得非常快，前兩天那輛登山自行車簡直不能比。

然而她還是搞不清楚地理位置。她姑且先往亮的地方走，總算是進了市區，但接下來完全不知道要怎麼走。就算看著手上的地圖，她還是不知道自己現在在哪裡，更不用說要往哪個方向，因此現在這本地圖對她而言只是個累贅。佐倉跟日浦住的地方就在地圖的第一頁而已，於是她撕下第一頁，其他的就扔掉了。

她唯一能確定的是要往東走。剛剛坐計程車的時候，她已經確認過太陽的方位。當時計程車是往西的方向走的。

她頭也不回地朝東方前進，和剛離開山中湖別墅一樣，她確認方位的基準是北極星。幸好當晚的天氣很好，不過東京的夜空中，星星數量根本不到她家鄉的一半。

騎到半路她覺得肚子餓，就在便利商店買了一個漢堡吃。那時她才發現自己身上快沒錢了，不過她一點也不擔心。

走在交通流量大的路上，她看見前方十字路口站著兩位刑警。他們把車子攔下來和駕駛說話，接著要通過的車子也都停了下來。

她改變方向，轉進旁邊的小道。儘管那只是住宅之間非常狹小的巷道，她還是毫不猶豫地騎了進去。

在狹小交錯的小巷子之間繞了一陣子，終於又來到一條比較寬敞的馬路。她確認一下方向後走出來，周圍看起來好像是工地。

又騎了一會兒，她聽到後方有引擎慢慢靠近的聲音，於是趕緊靠邊。不過聽起來引擎聲不只一個，而是好幾個重疊在一起。這聲音越來越大，震耳欲聾。她一邊騎著自行車，一邊回頭看，看見一群機車目中無人地並排著，還大亮機車頭燈，強大的氣勢向她逼近。

她不知道這是什麼狀況，只顧著繼續騎著自行車。很快地，後方的機車車隊趕上她，但好像也沒有要超越她的意思。當她發現時，機車車隊已將她包圍。她看到這群機車騎士幾乎都沒有戴安全帽，長相看起來差不多是十幾歲的年輕人，還不約而同的穿上戰鬥服那類的奇裝異服。

「呦！是女的啊！」他們其中一個人喊叫著。其他人就跟著瞎起鬨。

「身材好辣！」

「太正點啦！」

她完全不知道他們到底想做什麼。這時兩台機車從兩側包夾她，兩台機車後面都載了人。突然間，坐在機車後座的兩個人抓住了她自行車的手把，同時，兩輛機車加速前進。她就這樣被兩台機車拉著走，看來他們要把她帶到某處去。她想起三天前殺了轎車上的兩名男子，這些人應該也有同樣的目的吧？然後她又想起澀谷街道的年輕人，她覺得這群機車小混混和他們沒兩樣，臉上都帶著同樣的表情。

他們鬼吼鬼叫地佔領了整個街道。前方偶有來車，不過似乎發現飆車族逼近，都急忙轉進旁邊的小巷。

「是條子。」

帶頭的男子喊著。他們看見前方的巡邏車閃著紅色的燈，周圍也有警察。

「把這個女的藏起來。」

排第二的男子說完，其他機車都立刻向她集中了過來。然後那男子揚聲大喊：「闖過去！」所有的人一起踩油門加速。

兩名警官想阻止他們，但是，他們並沒有因此放慢速度，引擎聲發出轟隆巨響向前奔馳。她聽見警察從巡邏車裡用擴音器對著他們說了一些話，應該是在警告他們，不過完全聽不清楚內容。警察已經相當靠近，但飆車族還是毫不遲疑地闖了過去。

飆車族又開始叫囂。

「沒追過來啊？」

「他們怕了啦！」

看不到巡邏車的燈後，過了一陣子他們才把速度慢下來。

「到那邊去吧！」

一個帶頭的男子一聲令下，一群人進了旁邊的岔路。那個轉角有一幢大建築物，後面是寬廣的停車場。進了停車場，她兩側的機車才放開她。她從自行車上下來，站著不動。而這群飆車族圍著她轉，持續轉了幾圈，帶頭的男子停在她面前，接著旁邊的人也圍著她停了下來。

「我還想說怎麼這麼高，原來是老外啊！」

帶頭的男子從機車上下來，向她靠近一步。他穿著皮製的運動夾克，頂著一顆龐克頭，還戴了副深黑色太陽眼鏡。

「看起來沒那麼好玩，不過無所謂，反正早就想幹這一票了。而且，看妳這麼壯，應該可以陪我們所有人玩個兩回吧！」

周圍邪惡的笑聲四起。

帶頭的男子微微晃了晃頭說：「壓住她。」

兩個男生向她靠近，試圖壓住她的手腳。但對她而言這兩個人的力氣不大。她身體稍微一晃，將他們甩開，還扭了其中一個男子的手腕，男子哀號著倒在水泥地上打滾。接著她揪住另一個男子的領口，一口氣輕而易舉地將他抬了起來。然後她像投籃一樣把男子往前拋了出去，男子墜地時，還發出撞到後腦勺的悶響。

「造反啊妳？」

看見少女出乎意料的反抗，帶頭的男子臉色一沉，從牛仔褲口袋裡亮出刀子。周圍的人也都跟著同樣的動作，也有人高舉鐵管揮舞著。

「不想死的話，就把褲子脫了！」

帶頭的男子嚷嚷著。

她也不甘示弱，從夾克的口袋中拿出手槍。瞬間，機車混混的神色大變，全都退了好幾步。

「混帳！是假的啦！」

帶頭的男子喊著：「這種東西有什麼好怕的啊！」

她拉上保險，然後慢慢舉起槍，抵住帶頭男子的臉頰。

「怎麼不開槍啊？」他邪惡的笑容浮在臉上：「要開就開啊！」

她食指一扣，隨著響亮的金屬聲，男子瞬間整個人往後飛，呈大字形倒下。煙硝味彌漫在空氣中，全場一片寂靜。

下一秒，所有人便亂成一團，少女將槍口指向其他人。只見他們丟下帶頭的男子不管，各自跳上機車紛紛逃逸。

只有一個人因為引擎發不動，還慢吞吞地留在原地。她大步追了過來，跨坐上這個男生的後座。這男生嚇得哀號出聲。

她拿著槍抵住男子的背後，空出的另一隻手指向前方。

引擎終於發動了。男子一邊發抖，一邊把臉轉向她，問：

「妳……想去……哪裡？」

她看著天空，馬上找到北極星的位置，然後指向東方。

男子上路了。她右手持槍，左手抱住他的身體。

大約過了三十分鐘，機車接近東京都中心。

「再前面一點就是新宿了。」

男子說道。她聽得懂「新宿」這兩個字，於是用手示意男子騎到沒有人的地方停下來。

她從夾克口袋中取出撕下來的地圖，遞給男子，然後指著地面。

「妳想問這裡是哪裡嗎？」

男子問道。她點點頭。

他瞄了一下地圖，說：「在這裡。」然後指著地圖上的某一點。她確認了一下便收起地圖，動了動下巴示意男子前進。男子鬆了口氣，跨上機車。

但就在他發動引擎同時，少女舉起手槍往男子後腦勺敲了下去。在槍托的撞擊之下，男子瞬間就像斷線的木偶癱倒在地，機車也跟著倒了。

少女收起手槍，用自己的雙腿跑向那暗夜的街道。

當天晚上，紫藤也收到了關於八王子案情的相關消息。除了指出這是一連串的連續案件之外，照這情況來看，兇手可能沿線逃回鄰近的山梨縣，因此警方立刻又在縣界加派警力。

紫藤雖然一直住在山中湖搜查總部，卻也相當留意來自東京的消息。然而急於逮捕兇手的警視廳，也不會特地通知他們案情的相關發展。幸好派遣到成城署的山梨縣搜查員警會獨自蒐集情報，幫他傳遞消息。

紫藤覺得相當扼腕，希望可以親手逮捕這個兇手。一方面也是因為事件的開端是發生在自己的管轄內，不過他更希望可以幫代替他死去的吉村巡查報仇。

八王子案的死者是前田徑選手丹羽潤也，這令紫藤相當震驚。他記得這個名字，當時在成城署時他在根岸的名單上看過。這名單上列有住在高圓寺體壇人士的名字。根岸他們說特地在名單上每個人的住家附近分派警力，但是丹羽潤也去了八王子，就成了漏網之魚。

紫藤想起帝都大學中齋教授說過，在田徑界沒有使用不法手段的人。兇手殺了丹羽，這不得不讓人聯想到他可能與仙堂存在著某種關係。也就是說，丹羽會不會是跟自殺的小笠原彰和遇害的安生拓馬一樣，與服用禁藥有關？

從滑雪距離競技、舉重，到這次的田徑短跑選手——案情至今已和多種體壇項目有所牽扯，這讓紫藤倍感威脅與壓力。兇手接下來的目標會是什麼樣的選手呢？他完全無法預測。

他真希望自己能親自替兇手銬上手銬，更希望能在今晚就逮捕她。

即便如此，兇手怎麼知道丹羽潤也在八王子呢？兇手在書店買地圖的時候，給店員看了三個地址，其中一個是高圓寺，那很有可能就是丹羽的地址，那兇手為什麼沒有出現在高圓寺呢？

紫藤反覆推敲，這時身旁的電話響起。接電話的是山科警部，他講完後就掛掉了。

「誰打來的？」紫藤問道。

「縣警總部。」山科回答：「縣界的警力解除了，大概是知道兇手不會來山梨了。」

「有什麼線索嗎？」

「這就不清楚了。」

山科鬱悶地搖搖頭。

過沒多久，電話又響了，這次還是山科接的電話。聽完對方說的話，山科警部的臉色漸漸蒼白。

「是……好……我知道了。還有什麼進一步消息再跟我說。」

放下聽筒的山科，望向天花板發出長嘆。他轉向紫藤，小聲地說：「完了。」

「逃走了嗎？」金井問道。

「或許吧！但不只這樣。」

「什麼意思？」

「他們發現了一個飆車族少年的屍體。」

紫藤下意識地從椅子上站了起來。山科看著他的臉繼續說道：「發現地點在距離丹羽潤也被殺的地方往東南方大約十幾公里處。死者倒臥在縣道旁的家具工廠後面的停車場裡。」

「兇手犯行時間推測是什麼時候呢？」紫藤問道。

「詳細情形還不清楚，不過發現時間大約是一小時前。當時附近有人聽到飆車族繞行的聲音。」

「有什麼證據顯示兇手是同一個人嗎？」

紫藤雖然希望不是如此，但還是不知不覺用高八度的聲音問道。

「有一通電話。」山科說道。

「電話？」

「好像是密告的電話，說飆車族的頭頭遭槍擊死在家具工廠後面的停車場裡，所以後來才會發現屍體。電話裡的人是這麼說的：開槍的是一個外國女生，穿著黑色的運動夾克，而且個子很高。打電話的人可能是飆車族的同夥，當時大家都逃走了，但留下屍體在原地有點擔心，所以才會打電話報警吧……」

「高個子的外國女生……」

應該不會錯，而且她又用吉村巡查的槍行兇了。紫藤感到絕望又激憤。

之後搜查隊就沒有得到更明確的情報了，動員了眾多警力的緊急措施，可說是白忙一場。過了凌晨兩點，又來了另一個消息。在新宿附近的路上，有個年輕人倒在路邊，頭部受到強烈撞擊，目前還昏迷不醒。但是從他的服裝跟倒在旁邊的機車看來，很有可能是跟那個被殺的飆車族是同夥的。這如果也是兇手幹的，那麼兇手應該回到東京都中心了。

「她準備攻擊下一個目標了吧？」

對於金井試探性的提問，紫藤也只能無奈地點頭。兇手給店員看的三個地址都在東京都內。

「要是她真的進了都內，光只掌握高個子和外國人這兩個特徵，可就難找了。」

山科眼裡布滿血絲，低聲說道。

23

在激烈的搖晃中醒來，視線一度無法對焦，只隱隱約約聽到有人說：「不好了、不好了。」

有介睜開眼睛，看見小夜子在他眼前，一臉嚴肅。

「怎麼了？」他問道。

「丹羽先生他……」

她欲言又止，而且似乎不打算繼續說下去。有介看著她，心中有某種預感，不祥的預感。他坐起身來，繼續問：

「潤也怎麼了嗎？」

「剛才新聞上說……他在八王子的運動場附近……被殺了！」

有介從床上跳起來，穿著睡衣走到客廳，打開電視。

看時鐘，已經快早上九點了，正好是以主婦為對象的新聞播出時間。

他拿起遙控器很快地切換頻道，但沒有一台在播報潤也被殺的新聞。後來有介固定在某一台，刻意和緩自己的表情，藉此讓心情鎮定下來。在這個節骨眼，新聞反而淨播報一些無關緊要的消息。

潤也被殺了……

有介當然知道發生了什麼事。不需要看新聞，他也知道殺了拓馬的毒蜘蛛肯定會再度伸出她的魔爪。

怎麼會呢？這個疑問湧上有介的心頭。為什麼這麼簡單就找到潤也了呢？潤也已經夠小心了，或者應該說，他比任何人都害怕會被這種怪物追殺，而他也因此從高圓寺的公寓搬到八王子的宿舍去了。

「老公……」

小夜子從旁邊走過來坐下，把自己的手疊在有介的手上，露出不安的神色。

「給我水好嗎？」

有介說道。她點點頭站起來。這個時候，電視畫面中女主播的下方出現了一串字幕：

「前奧運選手在八王子遇害。」

「昨天晚上十點左右，桂化學工業田徑隊的教練丹羽潤也，在宿舍青葉莊附近遇害。發現的人是同樣在田徑部隊擔任總教練的伊吹先生……」

新聞主播平鋪直敘的一字一句，都緊緊揪著有介的胃。看見長槍刺入車內的畫面，讓他彷彿看到自己的屍體。

接著，主播報導飆車族被殺的事件。槍殺、兇手為同一人、很可能已回到都中心——皆是一連串的噩耗。

儘管主播已經在播報別的新聞，有介還是整個人失了神，一動也不動。當他回神時，小夜子已經拿來玻璃杯站在旁邊，杯裡裝了水。

「……喔，謝謝。」

他覺得喉嚨很乾，接過玻璃杯後便一口飲盡，可是喝得太急，水進了氣管讓他嚴重嗆到。小夜子遞了毛巾給他，他把毛巾壓在自己嘴上咳了幾聲。好不容易不再發出痛苦的咳聲，但有介仍繼續把毛巾壓在自己臉上，腦中一片空白。

「老公，」小夜子溫柔地叫著他。「你還好嗎？」

「我沒事，」有介回答，「太過震驚了，神經有點緊繃，但已經恢復了。」

「是喔……」

小夜子沉默一會兒，開口問：「對了，前兩天你去找丹羽了吧？那和他這次出事有什麼關係嗎？」

有介從臉上拿下毛巾看著妻子。小夜子也看著他。

真是直覺敏銳的女人。雖然平常她不會這樣，但偶爾卻會展現出聰慧的一面。該怎麼辦？他一時之間有些猶豫，覺得應該對妻子說實話。不過有介很快就打消這個念頭，他決定不讓妻子操心。

「沒有。」他搖搖頭說，「一點關係也沒有。我上次去，是請他針對我的稿子給點意見而已。」

「真的嗎？」

「真的。」

「那就好……所以你也不曉得他怎麼會出事囉？」

「是啊，所以我很驚訝。真不敢相信，我完全搞不清楚到底發生了什麼事。」

「這樣啊……」

小夜子微微點頭，但她眼中的不安卻沒有因此消失。

「我出去一下。」

有介從椅子上站起來。

「你要去哪裡？」

「去蒐集資料，或許可以作為工作上的題材。」
「早餐呢？」
「不吃了。」
他回到房間換好衣服後，拿著車鑰匙走出房間。走出玄關的時候，小夜子送他離開，他無法正視她的雙眼。
走出公寓坐入車內，其實有介並不確定自己要去哪裡，他只知道不能在家裡坐以待斃。想到那個怪物也會來找自己報仇，這份恐懼讓他沒有自信再繼續保持平常心了。他也擔心讓小夜子察覺他這樣的不安，但或許她已經感覺到什麼了也說不定。
有一件事讓有介相當在意。
仙堂稱為毒蜘蛛的這個女殺手，是怎麼知道潤也住的地方？當然不是完全無法得知。去了高圓寺的公寓之後，發現潤也不在，只要問公司的人，就會知道田徑隊是在八王子練習的。
但是這女生不是日本人，有辦法做到這樣嗎？還是說他刻意在高圓寺的公寓等待潤也回家呢？
有介會這樣想是有原因的。
到目前為止，他認為自己的處境或許比其他三個人來得有利。就像潤也說的，他最近剛搬家，所以比較不擔心毒蜘蛛掌握他的住處。潤也期待會有這樣的效果，所以也搬到宿舍去住。

但是，潤也還是很快地就被殺了。因此有介感到不解，想不到在不知道地址的情況下，還是無法阻止她的殺戮。

再者，她殺人的手法也很驚人。

拓馬遇害的時候也是如此。這個女殺手並不是有勇無謀地使用蠻力殺人，她懂得乘虛而入，用出乎意料的方法接近對方。為了殺潤也，她就先從女隊員下手。想到這裡有介忍不住頭皮發麻，他可以想像，等到對方要殺他的時候，一定會朝小夜子下手。有介心想，一定要避免這樣的事情發生才行。

漫無目的開著車的有介找到公共電話後，把車子停在路旁打電話給翔子。但翔子不在，話筒裡只傳來語音留言的聲音。他有點迷惑，最後沒留什麼話就把話筒掛上了。在電話亭裡，他有個卑鄙的想法：萬一翔子被殺了，警方一定會到她的房間進行調查吧？到時候要是自己的留言被發現就糟了。

走出電話亭，有介發現旁邊正好有個販賣木工用品的量販店。他把車子停到那邊的停車場後走進店裡。

他看著電扶梯旁邊的樓層簡介，尋找「刀刃類」的字樣。後來找到刀刃類在二樓，便搭電扶梯上去了。

有介的心中有一塊大石頭，他還沒有辦法很明確地知道自己下一步該怎麼做。然而，他知道自己能做的選擇少得可憐，而且不管做了什麼選擇，結局都會很糟。抱著這樣絕望的心情，他來到了二樓。

賣刀的地方就在二樓的角落。各種種類的菜刀、水果刀並排在玻璃櫃中。

哪個比較好呢？有介心想著。

他到現在都還沒有揮過刀子，當然也沒有傷過人，所以應該選擇哪種刀，他完全沒有概念。

「需要刀子嗎？」

一個曬得黝黑的男店員走近。有介正好站在戶外用小刀的櫃子旁邊。

「如果是露營要用的，這邊的小刀還滿適合的。」

男店員拿著折疊式、刀刃長十公分左右的刀子給他。有介握在手中，比他想像的還要輕。他想像拿著這把刀跟那個女怪物對峙的畫面，如果要打倒那個高大的敵人，這個好像不夠用。

「還有很多種喔！」店員說道。

「有沒有更大一點的？」

有介說：「再長一點，刀刃厚一點，耐用點的。」

「請等一下。」

店員從裡面拿出一把長度跟厚度都比剛剛大好幾倍的刀子。

有介拿了一下，這把刀子也重許多。

「這把不錯，可以用一輩子呢！」

拿著這把刀子，有介想像了一下刺殺對方的觸感。自己真的有辦法做到嗎？可是如果不這樣做，死的是自己。

「我要這個。」

他把刀子折好交給店員。

24

十五日的下午，包括紫藤在內的四名搜查員警在山科帶領下前往東京。針對昨晚的案子，八王子署設立了搜查總部，山科一行人前往出席搜查會議。除了飆車族被殺所屬轄區的日野署以外，座間署和成城署的搜查員也應該都會出席。對紫藤而言，這是連續第三天前往東京了。

「今天不只是我們，縣警總部的高層應該也會到。」

坐在開往八王子的車內，山科說道。

「聽說是警視廳要集合所有人。連續好幾次失敗，上頭已經快氣炸了吧！」

「剛遇害的三人中死了兩個，真的是有失警察的顏面。而且明明是昨天才佈下的緊急警備。」

一位名叫木越的資深刑警用一副若無其事的口吻說道。

「不過我覺得就算召集重要人士，也無法提出解決對策吧！」

最年輕的古澤率直地陳述自己的意見。

「主要是為了做做表面功夫吧！如果各部長一字排開的相片在今天的晚報中登出的話，至少可以顯示警察正在努力的樣子。」山科一臉不悅地說。

這幾天，不只是報紙，所有的媒體都競相批評警察的無能。紫藤也知道批評的聲浪只會越來越大。

等他們到了八王子署，會議室早已滿座。看來座間署跟成城署的搜查員應該都已經到齊了。

山科為了討論會議的程序到前面去了。紫藤等人則是連坐的地方都沒有，索性靠著後面的牆壁站著。

突然有人從旁邊拍他的肩膀。紫藤一轉頭，看見成城署搜查總部的根岸警部站在那裡，略顯疲態。

「你看起來昨天沒有睡好喔。」

「你不也是嗎？」

「越期待就越疲憊啊。昨天本來有預感會抓到她的，可還是讓她逃了。」

「兇手現在在都中心嗎？」
「有可能。」
接著根岸搖了搖頭，又說：「是大海撈針啊……」
會議終於開始了。首先站上前的，是警視廳第八本部，個子矮小的鈴木警視。他主要針對屍體發現的現場狀況，與遭到兇手捆綁的女選手的證詞做了一番詳細的說明。
「接下來說明搜查進行的狀況。首先是關於兇手的行蹤部分。」
在警視說明的同時，以八王子為中心的超大地圖透過投影機投射在前面的黑板上。接著換一位體型稍胖的男子上前，應該是搜查一課的組長。
「兇手出現在現場的時間，應該是在田徑部練習結束五點左右。某個跳遠的男選手曾目擊這樣的可疑人物。據他描述是，當時那個女生很專心地看著運動場上的人，很有可能就是在找丹羽。」
紫藤認為應該不只是這樣。從犯案的手法來看，當時兇手一定也是在物色可以綁架的對象。自己的學生行蹤不明，身為教練的丹羽一定會出來找尋，如此便能鎖定目標加以殺害——兇手當時應該是這樣計畫的，誘敵的手法相當高明。
「那麼兇手又是怎麼到桂化學的田徑部隊宿舍的呢？很可惜這點到目前為止還沒有任何線索。那裡距離最近的車站也有一段路，不過車站附近的查訪現在還在持續進行當中。另外，計程車業者也會是查訪的對象之一。」

計程車的可能性相當高，紫藤心想。畢竟這個兇手並不擔心自己的長相被認出來。
「之後兇手逃走的方法是使用自行車，這點已經取得確認。因為桂化學田徑部的宿舍有一台自行車被偷了，而且是馬拉松競技用自行車。那部自行車是適合在柏油路面高速行駛的車款。」
又是她最拿手的自行車啊，紫藤在嘴裡唸著。
「兇手應該是騎著自行車從運動場前的道路北上，」體型寬胖的警部用筆在投影幕上方一邊描繪，一邊解說，「也就是說，大約走了兩公里左右，在十字路口往東大約一公里有間便利商店。兇手在那裡買了漢堡跟牛奶吃，便利商店的店員記得很清楚。之後兇手的行蹤就不清楚了，可能是在附近迷了路，然後改往東南的方向，進入了日野市。她把自行車丟棄在日野市的家具工廠後面的停車場，這地方也就是那個飆車族被殺害的地方。」
說完警部回到座位。
「之後有一個飆車族倒在中野區彌生町的路上，過了凌晨兩點後才被發現。這名飆車族男子頭部受到強烈重擊，要等醫生同意我們才能對他做筆錄。」
鈴木警視親自說明。然後他環顧大家說：「接下來是日野市的飆車族遭殺害案情報告。」坐在前面位子的兩名刑警站了起來，應該是來自日野署的人。
「凌晨零點五分，日野警察署接獲飆車族的頭頭被殺的電話，十分鐘後神明派出所的警官前往確認屍體。死者在停車場的正中央躺成大字形，子彈從前胸口射入，肩胛處也有射穿。射入口看得到燒傷環和火藥紋，且槍傷外圍還有煙暈，研判兇手可能是在兩公尺內的近距離下被射殺。子彈目前還在找尋。死亡時間推斷大概是在屍體被發現的前一個小時左右，也就是十四日晚上十一點的時候。附近的居民的說法是，當時有一群像是飆車族的機車騎士在外面大聲喧嘩。屍體附近的地面上有幾道機車輪胎的痕跡，應該是一夥人。而剛剛提到兇手的自行車，就倒在距離死者屍體三公尺不遠處。死者的身分是牧田富和、家住ＸＸＸ、十九歲、待業中，是飆車族『黑暗之火』車隊的首領。現在警方正在找尋他的同伴，不過那些人經常流離失所，恐怕是需要一些時間才找得到。」

「應該都是怕事逃走了吧！」鈴木警視不悅地說著。

這時，一位刑警舉手發問：「兇手殺害丹羽潤也的時間是九點左右，綜合剛剛所說，所以花兩個小時的時間前進了十公里。雖然不曉得兇手跟飆車族牽扯的時間是多久，但騎自行車的話，應該不會走多遠吧！」

關於這點，在剛剛使用地圖解說逃走路線的警部回答道：

「或許偷自行車的時候她花上一點時間。再者就像剛剛說的，兇手在便利商店買東西吃也需要一些時間，加上又考慮到她可能會迷路，畢竟這一帶的道路有些複雜。」

「如果到了十一點她走了十公里，」又有人發問，「緊急佈下的警力都沒有目擊到可疑人物，那不是很奇怪嗎？沒有這方面的報告嗎？」

「並沒有目擊兇手的相關報告。」

體型寬胖的警部回答完後，再度打開投影機放映地圖：「不過倒是有一點值得注意，日野市市界，也就是地圖上S的這一帶，有負責臨檢的警戒人員表示遇到數十名飆車族，很有可能就是剛剛提到的那幾個人，他們無視警戒人員的制止直接闖過警察的臨檢。警方沒有追過去，或許是因為搜查員警一開始判斷這群人與本事件的兇手無關。」

「沒有考慮到兇手有可能就夾雜在飆車族裡面嗎？」

「根據目擊的警官描述，他根本沒有想到兇手會騎著自行車混在裡面。不過如果是飆車族故意把兇手藏起來，就可能躲過警察了。」

或許是覺得有失面子，體型寬胖的警部顯得有些含糊其辭。

「接著請山梨縣縣警針對兇手本身做說明。」

鈴木警視介紹後，山科站了起來。他將仙堂之則遭殺害等一連串的事件經過做了一番說明，並且透露這個兇手可能是仙堂從加拿大帶回來的女子田徑選手。

「我們在想她的動機可能是想替仙堂報仇。殺害仙堂的兇手是單獨行兇，還是多人犯案，現在還無法確認。」

接著，山科開始解釋仙堂曾在加拿大做過運動科學的研究，以及可能曾經指導自殺身亡的小笠原彰使用禁藥，還有關於日本奧林匹克委員會也曾親自調查此事等等。

山科之後，繼續是警視廳的小寺警部站起來，對於安生拓馬遭殺害的狀況、安生的經歷以及安生曾經服用禁藥等傳聞也做了一番陳述。

「另外仙堂在山中湖被殺是在本月的十日，安生做了不實的不在場證明。從以上的事情我們判斷，安生是為了掩蓋在選手時代不當行為的事情，所以潛入仙堂家裡並加以殺害。」說完，小寺轉身坐下。

此時整個會議室一片嘩然。搜查員對於這一連串的事件全然不知，甚至對於此事件逐一牽扯出有名的運動選手，感到相當震驚。

「請安靜。」鈴木警視出聲，「那麼在此請說明一下有關丹羽潤也的背景。」

「是。」回答後一位黝黑的刑警站起來，說：

「丹羽潤也出生於千葉縣市川市XXX。在當地的高中田徑部隊時，就因短跑的才能開始受到注目，後來也因此受到推薦進入N大體育學部，之後在全國大賽與選手權的賽事中便常常名列前茅。大四那年第一次在全日本選手權大賽中勝出，項目是兩百公尺跟四百公尺短跑，之後在國內的各項比賽幾乎都保持領先。進入桂化學工業後，還曾取得亞洲選手權一次，也一度在奧林匹克出賽過。三年前退休，以教練的身分留在桂化學工業田徑部隊服務。」

他從大四開始變強了——紫藤思考著箇中原因，難道是因為使用禁藥所產生的效果嗎？其他的搜查員警似乎也注意到介紹丹羽潤也得獎紀錄的含意了。

「丹羽潤也在學生時代曾經去過加拿大嗎？」

這個疑問是必然的。

「關於這點目前正在調查當中。公司田徑隊的人沒聽說過這件事，不過很有可能是他自己隱瞞了此事。」黝黑的刑警說完，點了點頭。

「接著，可否報告一下丹羽這幾天的行蹤呢？」

在鈴木警視指示下，皮膚黝黑的刑警回答：「好。」

「首先九號那天，他一如往常的參加練習，然後在宿舍的餐廳吃完晚餐才離開。不過並沒有人可以證明他那天回到高圓寺的公寓，畢竟他是一個人住。十號、十一號，他一如往常上班，下午到田徑隊參加練習。十二號從早上就開始參加練習。十三號休假。不過昨天十四號，丹羽早上就到宿舍去了，好像是為了搬行李過去。也就是說，從昨天開始丹羽就打算暫時住進宿舍。」

現場又是嘈雜聲四起。

「這是什麼時候決定的？」

一個聲音如此問道。

「田徑部隊的伊吹教練說，前天丹羽跟他聯絡，想申請從十四號開始暫時住在宿舍，理由是希望可以增加跟選手相處的時間。」

「所以他昨晚應該是住在八王子囉？」

「是的。」

大家應該都對於被害者不尋常的行動感到懷疑，開始交頭接耳地談論著。鈴木警官站起來示意要現場安靜，接著說：

「就如同各位所察覺到的，從剛剛的報告可以推測，丹羽應該是想逃命。因為安生拓馬被殺了，他害怕自己成為下一個目標。因此我們可以認定丹羽和仙堂的死脫不了關係。」

聽了警視的話，好幾個人頻頻點頭。

之後繼續更詳細的報告，進而決定日後搜查的大方向。會議中，改由警視廳搜查一課的紺野警視進行督導，形成了完整的共同搜查機制。

問題是，兇手下一個目標是誰？若已經沒有攻擊對象當然最好，可是，兇手在澀谷的書店裡給女店員看的字條上寫著三個地址，其中一個是丹羽潤也，所以還剩下兩個。

今後的搜查方向，簡單來說，就是要找出與安生或丹羽有某種關聯，同為運動選手，並且也被懷疑服用過禁藥的人。紫藤等人則決定再次清查仙堂周邊的人事物，警視廳本部則負責安排向加拿大蒐集資料。

漫長的會議結束後，紫藤在八王子年輕刑警的陪同下前往警察署一樓的停車場。聽說死者丹羽潤也的車子就停在那裡，根岸他們也一同前往。

「滿值得一看的。」

年輕的刑警苦笑地說著。

他說的話絕不過分。

看到車子時，紫藤完全說不出話來。不只是他，在場的所有人都瞠目結舌。

看起來很堅固的汽車，居然憑她一個人的力量完全變形，眼前的情景讓員警們驚嘆不已。兩把長槍深深地插入車體，讓人聯想到遭獵捕的巨獸屍體。

「真的是怪物！」

根岸在紫藤耳邊輕聲說道。

25

買了刀子之後，有介來到高圓寺潤也的公寓，希望可以掌握到一些相關的消息。公寓旁邊停了一台警車，幾個男人進進出出潤也的房間。有介停好車，到附近的書店裡假裝看書。不久，刑警從房間裡搬出一個箱子，有介推測裡頭應該是案情相關的證物，或許還有通訊錄，也許上頭還有自己的名字。

終於，警察坐上警車離開了，一旁湊熱鬧的群眾也漸漸散去。

有介走進公寓，按下潤也隔壁房間的對講機。不久一位中年婦女隔著安全鏈探出臉來。

「您好，我們在做雜誌的報導。方便請教幾個問題嗎？不會打擾您太久的。」

有介遞給對方的是他一直放在皮夾裡某編輯朋友的名片。畢竟不能夠說出本名，而且名片上印有出版社的名字也比較容易套話。婦人這才卸下武裝，解開安全鏈打開門。

「其實我也不是很清楚。」

「但警察已經向您問過話了吧？」

「是的。他們問我有沒有看到一個高大的女人。」

「那麼您看過嗎？」

「我沒有，不過好像有人看過。前面的那間賣酒的老闆就看過，還說至少比他高一個頭。」

少女果然來過這裡。

「警方還問了什麼事情嗎？」

「這個嘛，他們就問我知不知道丹羽暫時不在家裡，我就說我知道，因為他把聯絡地址寫在門上的字條上嘛。」

「字條？」

有介這才了解女殺手得知丹羽去處的方法。怎麼會這麼不小心呢——有介無法理解潤也為什麼會這麼做。

「後來他們還問我很多有關丹羽先生的事。」

有介陷入沉思的時候，婦人率先發難：「他們問我最近丹羽有沒有跟誰往來、這幾天狀況如何之類的。可是我跟他只不過是點頭之交，幾乎什麼也不知道。不過倒是看見最近有客人來找他。」

「客人？一個人嗎？」

「不是，兩、三個人吧！我看過他們從丹羽房裡走出來，其中還有一個是年輕女子。」

有介知道婦人指的正是自己，至於年輕女子就是翔子。警察肯定很重視這個證詞。

有介謝過婦人之後結束了談話。最後婦人問他這篇報導何時會刊載，有介則虛應了一下。

之後，有介打了兩次電話給翔子，但都只聽到答錄機的錄音。今天是敬老節[5]，一般公司都會休息，但她的工作應該無關國定假日。

瞬間一個念頭閃過他的腦海——也許翔子已經遇害了。這並非不可能，搞不好只是屍體還沒發現。

他開始思考如何確認翔子是否無恙，而最有效確實的方法，就是到她的公寓看一看。然而，有介實在沒有勇氣前往，因為那個怪物或許正在附近監視。

等有介回到自己的公寓，已經過了下午三點。開了門，便看見小夜子一臉緊張地走向他。

「警察先生在等你。」

5. 日本於一九六六年訂定的國定假日，九月的第三個星期一放假以對奉獻大半輩子的長者表達敬意，並祝賀他們的高壽。

「什麼？」

他嚇了一跳，小心翼翼不要在警察面前露臉，問：「他們等很久了嗎？」

「沒有，才剛到。」

有介點點頭，走到客廳，只見兩個看起來和一般上班族沒兩樣的男人坐在沙發上等待。他們一看到有介，便站起來打招呼。其中一位是來自警視廳總部的刑警，另一位是成城署的刑警，兩個人的年齡看起來大約都是四十歲左右。

兩位刑警首先詢問有介是否知道這件案子。

「知道，覺得非常的震驚，畢竟我和丹羽因為練田徑的關係還滿熟的。」

有介透露了他跟丹羽之間部分的實情。不過在登門拜訪之前，刑警應該知道了。

「看來是這樣沒錯，我們也聽說雖然你們比賽的項目不同，一個短跑、一個障礙賽，但在日本代表隊集訓的時候感情就最好了。」警視廳的刑警如此說道。

「對，沒錯。」

沒想到他們已經調查得這麼詳細了，有介默默地對於警界的組織能力感到驚訝。

「事實上，因為這次的案子，我們查到丹羽先生可能曾經使用禁藥。關於此事您是否知情呢？」

「使用禁藥嗎？這個我就不知道了。」

有介看著他們搖搖頭，然而心臟卻狂跳不已。

「真的不敢相信他曾經做過這種事……」有介仍故作鎮定。
「那麼，您聽說過周遭還有選手服用過禁藥嗎？我們絕對不會洩露出去。」
刑警用諂媚的眼神看著有介問道。有介搖搖頭說：
「從沒聽說過。我想不會有人做這樣的事情才對。」
「了解。」
刑警露出滿意的表情。之後他們又問了有介對於當時的事情和潤也的近況，不過並不是很有系統的提問，零零散散想到什麼就問什麼。有介則謹慎地應對，沒有露出馬腳。
「那麼現在跟丹羽先生也常見面吧？」
「也沒有那麼常見面。只有向他請教田徑界近況時才會去找他。」
「你們最近一次見面是什麼時候？」
「嗯，我想一下……」
他確認小夜子不在旁邊，回答：「差不多是一個月以前。」
「那日浦先生您知道還有誰和丹羽先生很熟的嗎？」
「這個我就不知道了。」
「是嗎？」
刑警點點頭，樣子看起來沒有想像中感到可惜。
大約經過了一個小時，該詢問的事項也差不多問完了，兩位刑警起身準備離開。有介送他們到玄關的地方，小夜子從隔壁的房間走出來。

「打擾了，不好意思。」

兩位刑警行了禮，開門走了出去。成城署的刑警回過頭來問道：

「您去過加拿大嗎？」

「什麼……」

「加拿大。還是學生時代去過呢？」

「沒有……沒去過。」

「這樣啊！抱歉打擾了。」

再度點個頭後，就離開了。有介伸手鎖上大門，回到屋裡。小夜子站在客廳凝視著他。

「怎麼了？」有介問道。

「為什麼要說謊？」小夜子說：「你明明去過加拿大。」

「我覺得他們問東問西的很麻煩嘛……」

有介掠過小夜子身邊，走進自己的書房。身後的小夜子對他說：

「你不在的時候有你的電話，一個女生打來的。我幫你留話了，字條在桌上。」

「謝謝。」

走進書房，看到桌上的字條。字條上寫著「木村翔子，ＴＥＬ：

××××××××」。

打電話到字條上的這個號碼，是都內有名的旅館。報上木村翔子的名字之後，等了一會兒電話通了。

「喔！幸好你沒事。」翔子拉高聲調說道。

「我也很擔心妳，還打了好幾通電話給妳。」

「抱歉。可是我也沒辦法，那個公寓我已經不敢再回去了。」

「發生什麼事了？」

「那個女生來過。」

有介嚇了一跳。

「什麼時候的事？」

「星期日晚上。那天我們不是都去丹羽那邊嘛？那個晚上她好像就埋伏在我家的停車場，只是湊巧我沒有用車，所以她就先找上丹羽了。」

「妳怎麼知道她埋伏在妳家停車場？」

「當然是有跡可循，之後再跟你說吧。對了，我們談談之後該怎麼辦吧！我有一些想法。」

「什麼想法？」

「電話裡不方便說。今天碰個面好嗎？」

「好。時間跟地點呢？」

翔子指定了旅館附近的一間咖啡廳，時間是六點。

掛上電話，有介再度整理好儀容走出書房。小夜子正在廚房準備晚餐。

「抱歉，我又要出門了，要跟編輯見個面。」

說完就走向玄關。小夜子這時追了上來，說：「老公。」

有介穿好鞋子回頭望向妻子，表情有些驚訝。

她熱切的眼神也因而瞬間顯得畏縮。

「幹嘛？」

「老公……不管發生什麼事都要跟我說喔！」

有介苦笑著回應她：

「有啊，都跟妳說了呀。不要擔心啦。」

他握住門鎖準備出門之際，小夜子說：

「剛剛警察問我，九月九號那天晚上你去哪裡了？」

有介緩緩地望向小夜子。她的眼眶泛紅。

「我就說……你一直在家裡……這樣應該可以吧？」

「小夜子……」

此時有介的內心激動不已。九號那天晚上，他說要去採訪就出門了。

「我走了，可能會晚一點回來。」

說完，便打開門走了出去。「慢走」，一個細細的聲音從他身後傳來。

26

音響上的電子時鐘顯示著下午五點半。

蹲坐在微暗的房間裡，少女靜悄悄地等待著屋主回來。

日浦有介——HIURA YUSUKE應該會回來這裡。

昨天晚上挾持飆車族的其中一名男子用機車載她到新宿之後，她就在路旁過了一個晚上，她判斷這是最安全且不會引人注意的作法。新宿是個不夜城，到了晚上仍和白天一樣人來人往，空氣中還夾雜著酒味與惡臭。時而有人叫罵，時而有人暴力相向，但是大部分的人都視而不見從旁邊經過。

蹲坐在路旁或睡在路旁的人也不少，有的是醉倒在地上的，但也有很多人看起來無所事事。她找到一個適當的地方蹲了下來，看來是沒有人注意到她。

即便如此，還是有兩組人馬跟她搭訕。一開始是兩個日本男人靠了過來，問她在做什麼，還打算約她一起去玩。她沒有搭理，兩個男子縮了縮脖子離開。

另一群人是黑人，正確來說是三個黑人，跟兩個日本女生一起。這兩個女生看起來都是衣架子身材，相當清瘦。

其中一個男子用英語跟少女說：「要不要一起參加派對？晚一點在旅館舉辦的，除了酒喝到飽，還有很多好吃好玩的東西，而且一毛錢都不用出，因為日本人會出錢。」

她拒絕了。但男子並沒有因此作罷，一直窮追不捨：「妳一個人吧！好嘛，跟我們去玩嘛！」不僅如此，還一邊說，一邊向她靠近。

下一秒，男子臉色一沉，看來他看到少女運動衣口袋裡放的東西了。少女猛盯著他的臉瞧。

他馬上退後，笑笑地舉起雙手說：「ＯＫ，好吧，大家都有想要獨處的時候嘛！」說完很快地站起來，回到同伴身邊，並且用拇指輕輕指向她，一面不曉得在對同伴說些什麼。他的同伴看起來倒沒那麼驚訝，只是用著奇怪的眼神轉過頭來看著她。

到了早上，人潮又開始湧現。為了搭第一班公車，少女往車站的方向走。她從口袋中拿出地圖確認佐倉翔子跟日浦有介的住處，思考要先去哪一邊。後來她選擇了日浦。兩天前去過佐倉的住處時無功而返，所以就先擱著。

武藏野市吉祥寺南町……

這是日浦的住址。天剛亮，她便上路了。

不出兩個小時，她已來到吉祥寺。但是接下來比較麻煩，她得比對門牌跟她手裡字條上的地址，才能找到目的地。

好不容易，她終於找到了。這是一棟兩層樓高的公寓，外觀酷似她在故鄉常見的汽車旅館。

這棟建築物的名字叫綠宅邸，日浦就住在這裡的105號房。

她站在門前，看著斜上方的名牌，上面的文字看起來和「日浦有介」四個字不太像，但她不敢肯定是不是真的不一樣。印刷字倒還好，但手寫字在她眼中只是一些線條的排列組合，完全看不懂。

她環顧四周。這條路很少人通過，建築物之間緊緊相鄰，似乎不需要擔心會被別人發現。

她一手握著口袋裡的槍，空出另一隻手按門鈴。她打算等門一打開，確認對方的長相後，便毫不留情地開槍。但如果不是本人的話，就強壓進屋裡。

但是都沒有人應門，房裡好像也沒有人。少女決定再按一次門鈴，結果還是一樣。

她心想日浦應該是外出工作了。他一定是一個人住。

她離開門口，繞到建築物後面。那裡有一片牆，牆的另一邊是一戶木造的大房子。確認了105號室窗戶的位置後，她越過圍牆進入木造民宅的土地。她入侵的地方正好是這戶人家的後院，不容易被住戶發現。

有幾個舊碗散落在她的腳邊。她拿起其中較大的一個，從圍牆探出身子，瞄準105號室的窗戶奮力一丟。

隨即傳來玻璃破裂的巨響，她迅速地俯身蹲下躲了起來。之後立刻有鄰居打開窗戶看看外頭發生了什麼事。幾秒後，探頭出來查看的住戶把窗戶關上，不知道是覺得沒事，還是覺得別人家窗戶破了也無所謂。

她沒有立刻起身，仍繼續在圍牆下躲了一會兒。確定沒有引起騷動之後，才再度翻牆。105號室的窗戶，有一邊玻璃全破，只留下窗框，窗戶內側的白色蕾絲窗簾隨風搖曳著。她伸手進窗裡開鎖。

房間是附有小廚房的單人套房。鋪著木板的地面上，放著床鋪、茶几跟一組音響。廚房流理台還有早上剛剛用過的咖啡杯跟盤子。看看手錶，時間是早上十點左右。她吃了從冰箱裡找到的熱狗，喝了牛奶，吞了五個生雞蛋，然後在床上躺下小睡片刻。她已經好久沒有這樣躺在床上好好地睡了。

結果她一直睡到剛剛。醒來之後想洗個澡，可是不知道日浦什麼時候會回來，只好作罷。時鐘已經快要指到六點了。

27

有介在六點以前就先抵達了與翔子約定見面的咖啡廳。這間咖啡廳感覺有點陽春，若不是為了談事情根本不會想進去。有介站在入口的地方環顧咖啡廳內的情景。單調白色的桌子排列著，裡面坐的幾乎都是男性上班族，應該都是來談公事吧！

裡面倒數第二張桌子，戴著深色太陽眼鏡跟藍色帽子的佐倉翔子就坐在那裡。戴上太陽眼鏡跟帽子是為了掩人耳目。

兩人交換了眼神之後，有介默默地在她對面的位子坐了下來。

一位服務生立刻上前，他點了一杯咖啡。

「這裡的咖啡很難喝喔。」

翔子說著，喝了一口那杯難喝的咖啡。

「那個女的真的去過妳公寓啦？」

有介再次確認他稍早在電話中聽到的事情。翔子墨鏡後的眼神閃過一絲認真的光芒，點點頭說：

「一定不會錯，我不是說有跡可循嘛？」

翔子對此做了更詳盡的解釋。她告訴有介住同一棟大樓的鄰居留意到停車場的車裡有個可疑的女子，還有車子旁邊留下小便痕跡的事。

「是喔？」

有介嘆了一口氣，「應該是那個女的幹的沒錯。」

「真的很驚險，要是我晚一步才注意到就慘了……不過她改找丹羽下手，這也不是什麼值得高興的事。話說回來，她怎麼會知道丹羽在哪裡？」

翔子歪著頭問。

「是字條！丹羽聯絡方式的字條貼在門上，那個女的一定是看到了。」

「是這樣啊……」

「真是太愚蠢了。為什麼潤也會這樣做呢？我真的搞不懂。」

「也許潤也覺得她看不懂吧！」

「也是。」

服務生端來了有介點的咖啡。有介沒加糖也沒加奶精直接喝了一口，果然無法恭維。

「接下來換我了。」

翔子低聲說道：「她應該還不知道你新的地址。或許今晚她就跟之前一樣，埋伏在停車場……不，她可能已經在那裡等我了。」

「所以還是不要回公寓比較好，暫時先待在旅館。」

有介說完，翔子揚起嘴角說：

「那我要待到什麼時候？一直等到她被逮捕嗎？」

「也只能這樣啊。」

「這樣不是辦法啊！」

翔子恢復剛剛嚴肅的表情，頭轉向旁邊。然後再度看向有介，說：「你想想看嘛，她如果被抓一切就完了。警察看出她是為了替仙堂報仇，或許她會把我們的名單供出來，那就糟了。」

「她已經殺了這麼多人了，搞不好警方在追捕時會射殺她，這樣就一了百了。」

「如果沒發生呢？難道你要說殺了仙堂的是佐倉翔子，這件事和你沒關係嗎？」

「我才不會那樣說，我也有連帶責任。」

「連帶責任……」

翔子淡淡地笑著，說：「當選手的時候最常聽到這句話。只要有人出事，教練就會大罵說大家都有連帶責任。」

「總之，要是警方調查出我們的名字，那也只能一五一十地說了。畢竟拿槍出來的是仙堂，要是不採取行動，死的會是我們。這樣說，或許警方會從輕量刑吧？」

但是，翔子再度露出淡淡的笑容，回應道：

「關於這次的事情我也查過了。當時的狀況，對我們來說相當不利。相反的，仙堂殺我們可以說是正當防衛，而理由很簡單，我們是強盜犯。法條上寫得很清楚，對於竊盜者入侵，因過度恐慌與自衛而造成的殺害不予以追究。懂了嗎？所以我們是強盜殺人犯啊！」

對於翔子的話，有介嚥下一口氣，無法提出任何辯白。

「有介。」翔子伸出右手，疊上有介放在桌上的左手。她已經好久沒這樣喊他的名字了。「我們聯手吧，只要我們兩個合力，一定可以度過這個難關。」

「……妳打算怎麼做？」

有介問道。這個答案他自己也很清楚了。

「就像安生說的，」翔子壓低聲音說，「在那個女的被抓到之前，我們要靠自己的手把她解決，別無他法了。」

「殺了她嗎？」

有介一邊留意周遭，一邊說著。

「我說的解決就是這樣啊。不然還有其他辦法嗎？」

「沒……」

有介搖搖頭。

「所以你同意囉？」

翔子透過太陽眼鏡專注地看著有介的雙眼，透露出一種壓迫感，讓有介毫無拒絕的餘地。有介吞了一口口水，可是還是覺得喉嚨很乾。

他當然想過要為了自保而殺了對方，所以才會買下那把牢固鋒利的刀。可是，要從口中說出「殺了她」，不免還是會猶豫。

「怎麼樣？」

翔子再度問他。

這次有介下定決心了。

「我知道了，我同意。」

她稍微滿意地點點頭，嘆了一口氣，說：

「好。如果你背叛我怎麼辦？」

「這不是背不背叛的問題吧？」

「怎麼不是？丹羽就背叛了我們。」

翔子迅速地回話：「而且還逃了。雖然沒有達到他預期的效果就是了。」

「今天就不要再講潤也的事了。」

「也對，人都死了，再講也沒什麼意義。」

翔子拿起收據，從椅子上站起來說：「去我房間吧！在這裡不方便說太多。」

有介跟著也站起來。

28

晚上八點。

少女繼續等著日浦。外面一片漆黑，陣陣冷風從破裂的窗戶灌了進來。她啃著放在冰箱上的法國麵包。

吃完麵包的時候，她聽到門口有聲音。

是鑰匙孔正插入鑰匙，然後再拔出鑰匙的聲音。她迅速地躲到浴室的暗處。

門開了，房間也隨著開關聲變得燈火通明。少女緊握著運動衣口袋裡的槍。

「啊！」

是女生的聲音，她似乎已經發現窗戶的玻璃破了。年輕女子快步走向房間正中央時，少女便用槍指著她。

看見少女的那一刻，女子驚訝地睜大眼睛，嘴巴像金魚一樣不由自主地一開一合。

少女架著手槍，慢慢地接近她。年輕女子反射性地舉起雙手，說：

「錢在包包裡……」

女子把揹在肩上的包包丟到桌上。少女撿起包包，從裡面拿出錢包。錢包裡有信用卡，她確認了一下，那是跟日浦全然不同的名字：MIEKO SUZUKI。

「現……現金只有這樣……」

年輕女子抖著下巴一邊說，膝蓋也微微顫抖。

少女從錢包裡拿出兩張千圓鈔，塞入運動衣口袋中，接著拿出寫著日浦住址的字條遞到年輕女子面前。女子雙手高舉不動，看著她手上的字條。

「的確，地址是這裡沒錯……可是名字我完全不認識。我的名字是MIEKO SUZUKI，鈴木美繪子……大概……十月前搬過來的。我想……這個人應該是之前住在這裡的……」

少女點點頭。她再度用手指指著字條上「日浦有介」四個字，然後在上面畫問號。

「這個人現在住的地方嗎？我不知道，我從來沒有見過他……呃！」

少女拿槍抵著她的胸口，女子嚇得發出怪聲。接著少女發現桌上有一支無線電話，便遞給女子。

「妳要我打電話去查？可是要打到哪裡查……」

少女沉默不語，儘是把槍口朝著女子。

「不要，別開槍……」

這位叫美繪子的女子害怕地扭動身體，勉強擠出微弱的聲音，說：「等一下，讓我想想……或許有什麼辦法。」

美繪子閉上眼睛沉住氣。過一會兒她想到了，便睜開眼睛說：「對了，問不動產仲介公司，也許會告訴我們，他們應該知道對方的聯絡方式。」

少女點點頭，用下巴示意要她打電話。美繪子用顫抖的指尖按下電話的號碼鈕。

「這個時候，可能沒有人在……」

美繪子想先把話說清楚，但少女用槍指著她的鼻尖，她吞了一口口水。電話響了三次，第四次的時候對方終於接起來了。

「喂！您好，我是南町ＸＸＸ綠住宅的鈴木。有件事想詢問一下，是這樣的，可以告訴我之前住在這裡的人的聯絡方式嗎？對，因為日浦先生的親戚特地跑來一趟，可是不知道他已經搬家了。好的，可以麻煩您盡快幫我查嗎？嗯，是，好，那我就等您來電了，我的電話是ＸＸＸ。再麻煩您了，謝謝。」

美繪子掛上電話，看著少女說：「通了，他們公司還有人在。他查到了會再打電話過來。」

少女坐在床邊，點點頭，用手示意女子坐下。美繪子還是相當緊張，坐下的模樣僵硬到彷彿下半身麻痺。

幾分鐘的沉默之後，美繪子率先開口：

「這些都是妳吃的嗎？」

桌上有牛奶盒跟裝熱狗的袋子，美繪子看著這一片杯盤狼藉問道。少女點點頭。

「妳很餓吧？還要的話，我有冷凍披薩。」

她有些猶豫，但還是點點頭，她真的很餓。美繪子留意著少女手上的槍，一邊站起來走向廚房，從冰箱冷凍庫裡拿出披薩，用鋁薄紙包起來放入烤箱裡。

「妳……就是那個兇手嗎？」

美繪子轉頭看著少女，問：「就是殺了舉重選手跟田徑教練的那個……」

少女沉默不語，但是也沒有否認。美繪子確定了自己的猜測。

「為什麼要殺人？因為恨嗎？」

少女依然不發一語，用槍指著她。美繪子嘆了一口氣說：「也對，這和我沒有關係。」

披薩烤好了，美繪子把它放到盤子上拿給少女。她伸手去拿，狼吞虎嚥地吃了起來。

沒多久，電話響了。美繪子拿起電話筒：

「是的，我是鈴木，剛剛真的謝謝你。已經查出來了嗎？好……三鷹市……好，我知道了。謝謝您的幫忙。」

美繪子一邊聽電話，一邊用筆在旁邊的便條紙上寫下地址。掛上電話後，她對少女說：「好像是這裡。」然後把那張便條紙放在桌上。

少女看著桌上的便條紙。她幾乎不懂漢字，就算讀得出漢字也不知道這地名是在哪裡。她從運動衣口袋裡拿出地圖放到美繪子面前。

「什麼？要我幫妳看是在哪裡嗎？」

少女點點頭。美繪子看著自己寫的地址，用筆在地圖上做記號。

「我想大概是在這一帶。」

少女拿過地圖。日浦現在住的地方離這裡好像不遠，她決定現在馬上過去。

「我問妳，」美繪子開口，「接下來要殺這個人嗎？」

她用槍抵住美繪子的額頭要她閉嘴。美繪子臉色鐵青。

她用手示意美繪子背對她，然後她用嘴叼著槍，騰出手來將美繪子的手用掉落在一旁的毛巾綁住。然後要她坐下，用同樣的方法綁住她的雙腳。

「救命啊！求求妳……」

女子哀號著：「不要殺我，我絕對不會告訴警察的。」

她不打算殺她。

她用另一塊毛巾塞入她的嘴巴，然後把女子舉起來丟到床上，再用被子蓋起來。

時間是晚上九點。少女從窗戶離開。

29

「關於仙堂的研究，我想到一件事。」

翔子穿著浴衣露出修長的腿，坐在窗邊的沙發上說道。她因為沾了一身煙味，所以一回到旅館就先洗澡了。

「什麼事？」有介問道。

「服藥並非是一時的使用禁藥，而是一種肉體上的改造。你聽過這樣的研究嗎？」

「沒有，」有介搖搖頭說，「當時我都自顧不暇了。」

翔子聳聳肩。

「那是什麼樣的研究？」

「例如類固醇嬰兒的研究。簡單說就是婦女在懷孕期間就施予類固醇，讓胎兒接受改造。」

「那麼說的話……」

有介臉色一沉：「我好像讀過這類的資料，應該是關於納粹進行人體實驗的資料。仙堂做過嗎？」

「他好像就是以此為基礎進行研究，不過這個研究在動物實驗階段就已經中止了。胚胎幾乎不是早期流產就是死胎；就算平安生下來，也多有缺陷。」

聽到這裡，有介完全不想發表自己的感想，只是沉默地搖搖頭。

「仙堂好像也做過很多其他的研究，其中他最專注的是孕婦自然肉體改造的研究。女人只要懷孕，增強肌肉的分泌物質就會比平常增加好幾倍，因為育兒需要體力，這是一種本能。因此仙堂會故意讓女子選手懷孕，調整她們肌肉的狀態再配合訓練，時機成熟後再墮胎。」

「這我也聽過，東德好像做過這樣的實驗。因為並沒有使用藥物，也不需要擔心被檢驗出來。跟血液興奮劑一樣，都是惡魔的傑作。」

「對喔，說到這個，仙堂也是少數血液興奮劑的技術擁有者。你試過嗎？」

「噢，沒有啊，我沒那麼誇張……」

「也是！感覺就有點可怕。」

翔子輕輕地將雙手交叉在胸前，然後點點頭。

血液興奮劑是在選手比賽前二十天，從身體取出一千ＣＣ的血液冷凍保存。在比賽接近的時候，再將紅血球的部分注入體內。這時肌肉會大量的攝取氧氣，持久力也會較先前增加百分之三十，這是在瑞典藥物荷爾蒙的體育研究所開發出來的技術。

「對了，那懷孕又墮胎的方法是什麼？」

有介進一步追問。

「仙堂所做的類固醇研究，是將某種類固醇定期注入女生體內，發現女生變成早期流產的體質。可怕的是，類固醇停止注射之後，這種特殊的體質不會改變。就算懷孕了，三個月左右一定會流產，如此一來幾乎不會對身體造成負擔，就能自然而然地終止懷孕了。」

「這樣應該就不能生了吧？」

有介感覺自己雞皮疙瘩都起來了。

「是啊，但會懷孕，這就是仙堂做這個實驗的重點。就像我剛剛說的，懷孕的時候增強肌力特別容易，而且他還想辦法讓受試者在分泌此物質時比一般孕婦來得更旺盛。所以這樣的女生和長期服藥是同樣的意思，而且停止注射類固醇之後，也絕不會被發現。」

「……原來如此。」

對有介來說，現在自己的妻子懷孕，因此對於會進行這樣實驗的人的心理真的無法理解。如此瘋狂的行為，實在很難想像仙堂究竟擁有怎樣的人格。

「所以說那個女的，」有介恍然大悟地說，「是他實驗的對象嗎？」

「應該是。」

「聽說仙堂從這女生小時候就開始照顧她了，我還以為他們之間應該就像父女一樣……」

「應該不只這樣。」

翔子一臉嚴肅地說：「要懷孕一定要有性行為，所以一定要有男人。可以想見，那個角色就由仙堂扮演。」

「所以那個女生……」

有介吞了一口口水，說：「懷了仙堂的孩子，然後流產？」

「流產之後再讓她懷孕，就這樣反覆訓練。」

「太誇張了。」

有介搖了搖頭，但隨即馬上停下這個動作，說道：「那個男人那樣對待她，為什麼還要替他報仇？」

翔子輕輕嘆了一口氣，凝望著有介的臉回答：

「這你就不懂了。或許她不知道自己為什麼會流產吧……她只是照著仙堂說的去做，對她來說仙堂就是上帝，她相信仙堂會帶給她幸福，就像我們曾經因為相信他而使用藥物一樣。」

「我也沒有……」

「你少自以為是模範生了！」

翔子銳利的眼光射向有介，說：「不管是你、我，或是安生和丹羽，我們都跟那個女怪物沒兩樣。」
有介無法反駁，只是沉默地垂下雙眼。
「她現在只想著報仇吧！不在乎後果，只為了消除心中的恨而繼續殺人。」
「所以一定要把我們趕盡殺絕嗎？……」
「是啊，要把我們趕盡殺絕。」
有介眉頭深鎖，手心冒出的汗微微發光。
「她接下來應該會去我住的公寓了。」
翔子手肘撐在桌上，托著腮幫子說：「不過有保全系統，她沒辦法進去房間，所以應該會埋伏在停車場。」
「事實上她也去過了。」
「不然她還能去哪兒呢？」
「嗯……」
有介吞了一口口水繼續說道：「還是我們兩個人去妳的公寓，跟那個怪物一決勝負？」
「這樣會引起騷動的，畢竟不知道會被誰看到。就算殺得了她，屍體也沒辦法放任不管。那間公寓裡的體壇人士就只有我，警察一定會查出來的。」
「不然妳說要怎麼做呢？」

「我想把她引誘到其他地方去，比較不容易引人注意，處理屍體也比較方便。」

翔子雙手交叉，再度歪著頭思考。明明討論的是殺人手法，她卻一副像在決定晚餐菜色一般的模樣，有介這時才感受到翔子冷酷的一面。

「如果要誘導她，一定要拿我們自己當餌吧！這樣她一定會追過來。」

「丹羽住的地方會被發現，是因為他在門上貼了聯絡方式。這方法或許可以試試。」

「妳是說，要想辦法讓她知道我們的位置嗎？可是要怎麼讓她知道呢？她現在應該在妳家停車場拚命等吧！」

「是啊，有沒有什麼好辦法呢？」

翔子咬著自己的食指尖。有介知道這是她想事情時的習慣動作。

「如果你沒搬走，她應該也會去你家，不然就可以先在門上貼字條了。」

「對啊，也是……」

說完，有介突然有一個想法。「喂，等等……」

「怎麼了？」

「我們怎麼知道她不會去我吉祥寺的舊家呢？她又不知道我搬家，感覺她應該會去吉祥寺。」

「或許喔……」

翔子很快地回應：「不過還是一樣啊，她很快就會知道你已經不住在那邊了吧。」

「為什麼她會知道？」

「因為啊，」翔子嘟起嘴說，「看門牌就會知道了啊！」

「她如果不懂門牌上的字呢？不，假設就算她知道名字跟她要找的人不一樣，她會馬上離開嗎？應該還是會看一下住在裡面的人長什麼樣子吧？」

「嗯……有可能。」

「確認一下吧。如果是這樣，她搞不好已經過去了。」

有介從口袋中拿出記事本，翻開通訊錄那一頁，一邊拿起桌上的電話。

「你要打給誰？」

「之前負責那棟公寓出租事宜的不動產公司。我要問現在住在那間公寓的人的電話號碼。」

很快地，對方接起電話，已經快九點了還有人在加班。有介自報姓名後，說明想要跟現在住在他之前這間公寓的１０５號室的人聯絡。不動產公司的人應該會覺得可疑，可是出乎意料之外對方爽快地回應他。

「是！您是說稍早的事情吧，您已經和親戚取得聯絡了嗎？」

「什麼事情？你在說什麼？」

「奇怪，還沒聯絡上嗎？現在住在１０５號室的鈴木小姐說您親戚不知道您搬家了，所以她幫忙打電話來問您的新地址跟聯絡方式，大概是十分鐘前打來的吧！」

聽到這裡，有介的手開始顫抖。胡亂地掛上電話後，立刻撥打另一通電話。

「你要打給誰啊？」翔子問他。

「打回家。那個女的應該去我家了，她知道我新家的地址了！」

「她怎麼知道的……？」

「她脅迫現在住在我舊家的人去查，看來我們太輕敵了。」

接通之後，話筒那一端傳來小夜子的聲音：「喂。」

「是我！」有介說道。

「老公……你現在在哪裡？」

「我在都內。先不說這個，妳現在要馬上離開。收拾簡單的行李回娘家去。」

「什麼？……等一下，怎麼了？為什麼這麼突然……」

「我現在沒時間解釋，總之妳現在在那邊很危險。我很快會去接妳回來，總之先回娘家去……」

「不要。」小夜子說：「我要留在這裡！你不跟我說發生什麼事我就不走。」

「現在沒有時間說這個了。拜託，趕快離開。」

「那你趕快來接我，我要跟你在一起。」

「這樣不行啊！哎呀……」

有介聽見話筒那端傳來掛電話的聲音，露出無奈的表情，然後自己也放下了聽筒。

「你太太似乎不太能接受喔……」

翔子冷淡地說著。

「一定是因為她最近看我的樣子覺得很可疑。」

有介站了起來，說：「沒時間跟妳聊了，我現在要趕回去。」

「等等！」

翔子拿起旅館的紙跟筆說：「可以等我十分鐘嗎？」

「我沒辦法等了，現在不馬上回去會來不及的。」

雖然覺得小夜子不一定會被殺，但有介已經坐立難安了。

「那五分鐘，五分鐘就好。」

翔子皺著眉頭陷入思考，她隨即在紙上寫下東西。

「妳在寫什麼？」

「給你。」

翔子遞給他。有介接過來看。

「什麼意思？」

「我想不到其他更適合的地方了。你帶你太太離開家的時候，把這字條放著或貼在哪裡，總之要讓那個女的看見。」

「那我們要埋伏在這個地方嗎？」

「沒錯。送你太太回娘家後會過來吧？」
「……好吧，我知道了。」
有介把字條收進外套口袋。準備出門時，翔子抓住他的手腕。
「有介，一定要來喔！」
她認真地神情看著有介說道：「只有我一個的話，我一定會被殺的。」
「我不會背叛妳的。」
「你答應我囉！」
翔子環住有介的頸子，在他的唇附上自己的唇。雙唇的觸感如此熟悉。
「那我走了。」
兩人放開彼此之後，有介便快步地走向門口。
走出旅館搭計程車離開，正好是晚上九點。有介開始在腦中盤算：不動產公司接到詢問他新家地址，是在他打電話過去的稍早之前。如果是這樣，那個女兇手現在應該是在往三鷹的路上。到目前為止，資料顯示那個女的不搭乘公共交通工具，所以不是徒步，就是騎自行車。從吉祥寺的公寓到他現在的新家距離大約四公里左右，如果以她的體力來看，應該三十幾分鐘就會到了。但是要在不熟悉的地方找路，對一個外國人來說應該不是那麼簡單的事情，所以最快也要三十分鐘，不，加上迷路應該會花上一個小時吧！
到十點之前逃走都還來得及——有介做了這樣的結論。

九點三十八分，計程車停在建築物前面。有介一面留意著周遭，一面小心翼翼地下車，他有預感那女的會趁黑暗之中襲擊他。走進公寓，有介沒有搭乘電梯，改由樓梯跑上去。

他打開門，喚了小夜子一聲，於是她走了出來。看到小夜子平安無事，有介總算稍微放心。

「老公，你到底在做什麼啊？」

小夜子一臉蒼白地問道。

「之後再跟妳說，妳趕快先整理行李。」

「你先跟我說一下啊！為什麼要逃走？我們到底要躲什麼？」

「小夜子……」

有介凝視著妻子的臉，緩緩地搖頭：「現在先不要問。拜託，先照我的話去做，這樣我們才能保住性命，才能保護肚子裡的小孩……」

「性命？」

小夜子吞了一口氣，雙手抱著自己的肚子，然後闔上眼，深呼吸調整情緒。

「你要我在娘家待多久？」

「兩天，久一點就三天吧！」

「是喔……這樣的話不需要整理太多行李。」

說完小夜子走到裡面的房間。

有介走到自己的房間換上輕便的衣服，再把中午買的刀子放進夾克的口袋中，然後再找找有什麼可以當武器的東西。這時候有一樣東西吸引了他的目光，不是可以當作武器的東西，而是排列在牆邊的獎盃跟獎狀。

不能再追求這個了！他對自己說。看吧！這些東西到底帶來了什麼好處？到頭來只是不值錢的東西罷了。

有介關上燈走出房門。

臥房裡，小夜子已經迅速整理好行李了。

「一個包包夠裝嗎？」

「嗯，還可以。幸好天氣還很熱，衣服薄比較好收。」

「不用幫我收了。」

有介說道。她原本打算停下來，又說：「只是拿個內衣褲而已。」說完繼續整理。

有介看著時鐘，已經十點十分了。那個女的現在在哪裡？總覺得她馬上就要破門而入了！

等不及小夜子把行李袋的拉鍊拉上，有介便抓著她的手腕說：

「好，走吧！快點！」

「等一下，我忘記拿織毛衣的東西了。」

「用買的就好了。」

有介拿起行李袋，拉著她往玄關走去。小夜子先出去，然後他把剛剛翔子交給他的字條放在鞋櫃上才出門。

「快點！」

「我要鎖玄關的門啦。」

「不用了……」

有介推著小夜子的背催促著她。

30

雖然覺得距離目的地已經不遠了，可是似乎還是無法找到正確的地點。總覺得一直在同樣的地方打轉，但周邊的景物卻沒有重複過。因為一直找不到要去的地方，她一度還以為那個美繪子會不會亂寫一個地址給她。

不過接下來馬上證實了這個地址不是假的，因為她終於發現了目的地。她剛才就在這個建築物前徘徊了幾次，只是門牌掛在死角處，所以一直沒有發現。

她從玄關入口進去，看來這裡沒有像佐倉翔子的公寓一樣麻煩的保全系統。

她站在樓梯前看著字條確認房間的號碼，目標在「３２４號室」。她想應該在三樓，於是走上樓去。

走廊上，她悄悄地前進，依序看著每個房間的號碼。最後停在３２４數字的房間前。看見門上的門鈴，她按了下去，並將自己的耳朵貼在門上，試著聽聽門內的狀況。但是裡面好像沒有人。

她又按了一次，還是一樣。難道說，日浦也不在嗎？

她開始思考該如何潛入室內。今天早上她是從一樓後面潛入的，但這裡要爬到三樓，必須等到沒有人的時候才行。

她扭動手把一下。令她感到意外的是門根本沒鎖，她輕輕鬆鬆地推開了門。她聽說比起其他國家，日本人不會那麼介意門鎖，但沒想到會這麼離譜。

她毫不猶豫地溜進房裡。只有玄關處留了一盞小燈，往裡面看去便是一片漆黑。

正當她打算躲進房間時，發現旁邊的鞋櫃上放著一張字條。她拿起來一看：

「AM1:00 □□市□□町□□□□□S.S.」

她讀得懂的就這些了。但光是這樣她就明白了，凌晨一點，在這個地方要與一個叫S.S.的人會合，而且她確信這個S.S.就是SYOKO SAKURA，佐倉翔子。如果不是熟識的人，應該不會約這個時間見面。

她蹲在地上，打開地圖。她想就算讀不懂，光看文字的形狀也找得到才對。

花了大約一小時，她終於在地圖上找到字條上寫的地名了，是一個叫狛江市的地方。從這裡往南約八公里左右，緊鄰著一條小河川。

她把字條揉成一團放進口袋裡，這時她看到橫放在鞋櫃上面的直排輪鞋。於是她脫下運動鞋，穿上直排輪。雖然說有些緊，但不至於覺得痛。就這樣，她穿著直排輪離開日浦家，還就這樣穿著下樓梯。很慶幸的，走出公寓時沒有任何人看見她。

她上了馬路之後，往南迅速滑行離開。

31

「妳知道加斯佩半島嗎？」

有介問道。在把車子開進川崎市前，他都沒有開口說話。

「加斯佩？不知道耶。」

小夜子坐在副駕駛座搖搖頭。

她一直在等待丈夫開口說話，自己也沒再多問什麼。

「『加斯佩』的意思就是大地的果實，是加拿大魁北克省最東邊的一個半島。」

「你去過嗎？」

「是啊，」有介回答，「去過幾次。」

「是個不錯的地方嗎？」

「嗯，很棒的地方。北邊有一條很大的河，叫做聖勞倫斯河。雖然是河川，但看起來簡直就是海，就像日本海一樣，總是有浪花拍打著岸邊，而事實上這條河川會流入大西洋。沿著道路的另一側是崖壁，時而可見看似即將崩裂的岩塊裸露而出，偶爾也會有幾顆大石頭滾到路邊。」

「有人住在那邊嗎？」

「當然有啊。沿著崖邊與河川之間的道路走下去，差不多十幾公里左右有一個小村莊，那裡住著從法國不列塔尼的移民，一直維持著傳統的生活型態。村子裡有好多色彩繽紛的小屋並排在一起，就像糖果屋一樣。」

「好想去看看。」

「嗯，我也想帶妳去看看。」

「半島最末端有個百歲鎮（Percé），是那一帶很有名的觀光景點。即便如此，熱鬧的地方也只有一條道路，兩側有旅館、餐廳，還有販賣當地名產的小商店。那裡最有名的就是皮爾斯山岩（Rocher Percé），是中間有個洞的岩石，立在海中央。退潮的時候就可以走過去，那是觀光客最期待的時刻。」

「你也上去過啊？」

「嗯，休假的時候去的。」

「休假？」

「沒有訓練或實驗的假日。」

「實驗……？」

有介加速行駛，小夜子娘家在橫濱。

「因為內陸地區都是森林覆蓋，比較熱鬧的村莊和城鎮幾乎分布在沿海一帶，不過也是有人住在內陸的山區。橫越半島的路有兩條，這兩條道路沿途也有零星的幾座小村莊，就像卡通裡的夢幻場景，車站、博物館都別有一番風情。其實也有人住在和街道有一段距離的地方，而且還不少呢！」

有介眼睛盯著前面，嚥了一口口水繼續說：「我是大四那年過去加拿大的。當時我明明因為得到日本障礙賽中第一名而相當自豪，但過去以後，發現這樣的實力和世界強敵完全無法比擬，心裡非常焦急。當時仙堂之則問我想不想用藥，所以我就接受了他的誘惑……」

「使用藥物？你是說……」

「違禁藥物。」

有介意識清楚且冷淡地說道。

那是在國際大學生運動會結束後不久的事。仙堂主動跟有介見面，說要「協助他步向世界的舞台」。當時他對仙堂這號人物早有耳聞，馬上就意識到他可能要說有關不當用藥的事。然而，有介沒有馬上拒絕，因為當時在國際大學生運動會時跟國外選手的實力的確有段距離，所以感覺很迷惘。他當時認為，其他人也都是使用禁藥所以才會這麼強，如果自己也這樣，至少不會輸給他們了。

「如果想進一步了解可以跟我聯絡。」

說完，仙堂遞給有介一張名片，上面寫著加拿大魁北克的地址。

「一定能讓你變強。」仙堂很堅決地說。

之後大約過了兩個月，有介在全日本大會中慘敗。他一方面消沉，同時似乎又有惡魔在他耳邊低語，他的精神狀況已到了極限。後來有介寫信給仙堂，而這就是陷入罪惡深淵的第一步。

仙堂回信表示會幫他安排住的地方，希望有介一個月後就過去。有介當時很猶豫，但他終究在沒有跟任何人商量的情況下去了加拿大，還退出了大學的田徑隊。

到了多倫多機場，有兩名男子開巴士來接他，而不是仙堂。令有介驚訝的是，車裡坐了五個年輕人，個個看起來像是體格受過訓練的運動選手。當時有介心想，這些人大概都和自己一樣，一直都無法成為一流的選手吧！

巴士一路上搖搖晃晃。兩名男子輪流開車，途中除了用餐跟上洗手間之外，整整兩天的時間都在搭車。在這趟顛簸的路途之後，他們抵達了一個包圍在森林當中的白色巨大建築物。

「終於來了。」

仙堂看著有介的臉，開心地說：「既然你都來了，我一定不會讓你後悔。」

一起坐公車過來的其他人被安排到其他的地方。有介好奇地問他們是要來做什麼的。

「他們跟你不一樣。他們之後要在這裡生活，在嚴格的監控下，進行可以鍛鍊出超人肌肉的訓練。」

「要花多久的時間呢？」

「這個就不一定了，依個人的情況而定。達成目標的話就可以提早出來，有的幾個月就會結束，有的要經過好幾年。」

說完，仙堂露出笑意，說：「並不是說時間越長就越好，但我們也不需要去做效率性的管理，全憑個人的意志，這是最重要的。希望可以向你證明這一點。」

「我？」

「首先我們會測試一下你的能力，根據你的狀況訂定計畫手冊，按照手冊裡的計畫進行訓練。之後會再度測試你的能力，再微調你手冊的內容，這樣反覆地做，直到計畫最適合你為止。最後就開始活用手冊，讓你的體能變得更純熟精練。這就是接下來一個月要進行的。」

「所謂的計畫手冊是……？」

「當然是用藥的手冊！」仙堂爽快地說道。

嚴格來說，這手冊應該稱之為「肉體改造計畫」。拿著這個回日本，自己持續鍛鍊，每經過一個月就跟仙堂報告。因應狀況，之後仙堂會再下指示。仙堂就是這樣，做實驗以確立個人對應系統來支持他的研究。

「一個月的訓練並不輕鬆，但是為了讓自己實力增強，所以再怎樣都要忍下來。現在想起來只覺得很愚蠢，不過當時是真的很認真。」

「我好像可以理解。」

小夜子輕聲說道。

「回到日本之後，我知道接受仙堂指導的人不只有我一個，還有另外四名同伴。為了拿仙堂送來的藥，我們必須定期的聚會。因為那些藥會經由特殊管道，先寄給我們當中的其中一個人。」

就是小笠原彰。他是跟仙堂配合最久，且研究成果最好的一位選手。有介他們會到他那邊拿自己的處方跟藥物，不久，五個人也產生了革命情感，私下互相都有往來；而有介和丹羽潤也同樣都是練田徑的，所以更會密切地交換情報。

「實驗的成果顯著，我們都在各自的領域留下優越的成績。原本在國內無法成為頂尖的人，後來都可以躍升世界的舞台。仙堂的研究厲害的地方，是因為我們都沒有被檢測出有使用藥物。我們對於這點都相當得意，也喜歡上這樣的感覺。」

但是後來藥物的副作用開始出現，他們終於美夢初醒。首先是小笠原彰的身體開始出狀況，讓他開始覺悟，還跟其他人說最好停止使用那惡魔的藥。

世界的體育界也開始嚴格揭發使用藥物的事，所以有介他們決定一起退休。畢竟若不使用藥物持續競技的生活，就得面對自己真正的實力，這才是他們最害怕的。但畢竟他們早已靠藥物得到了想要的東西。

就這樣他們和仙堂斷了聯繫，之後不久，有介便聽說加斯佩的研究室也關閉了。他還以為可以放心，以為過去的事情已經了結。

後來一件意想不到的事情，讓他們不堪的過往又有了暴露的疑慮，那就是小笠原彰自殺。因為他的遺書，日本體育協會跟ＪＯＣ開始有了動作。

除了小笠原彰以外的其他四人開始緊張，聚集在一起共同討論善後對策。仙堂如果將關於他們的資料外洩，那過去的榮耀跟現在的地位恐怕都會不保。

最後，他們四個決定潛進屋子偷走資料。儘管百般不願意，可是也沒有其他辦法了。

於是，就發生了那天晚上的事。不過他們多少已經預期到，而計畫終究也失敗了。被仙堂發現是失誤，殺了他也是失誤，沒找到資料因而不得不縱火燒了屋子也是計畫之外。

但是，最大的失誤就是這個少女。她決心復仇，賭上自己的性命也要殺掉有介他們，這絕對不只是惡夢。

「可以確信的是，那個女的現在應該在往我們家的路上，所以我才要妳逃走。那個女的為了目的是不擇手段的。」

小夜子只是默默地聽著有介說的話，可以想像她受到很大的打擊。一直信賴的丈夫，卻用不正當的手法得到榮耀，還間接地殺了仙堂之則，她一定感到相當絕望。

「其實原本打算繼續隱瞞妳的，」有介說道，「但是，事情已走到這一步，再不對妳說明這一切，妳一定不能接受。而且繼續隱瞞下去的話，我也好累。」

之後，又是一陣沉默。小夜子陷入沉思當中。有介則在表白了自己隱藏的過去後，心情舒坦多了。

小夜子終於開口：「任何人……都有過去。人多少都會有不光彩的過往吧……」

「我不希望過去的事情連累到妳，以後也一樣。等塵埃落定之後，我們辦離婚吧！」

「離婚……為什麼？我從來沒想過要這樣。」

小夜子很堅決地說：「老公，去警察局吧。既然牽涉到殺人事件，一定會被問罪的。但是人不是你殺的，不會是很重的罪，我會等你的。」

小夜子的話一字一句強烈地動搖著有介的心。若是妻子真的願意等，那他願意自首，畢竟這也能將刑責減輕。

但是有介又想到，讓小夜子成為一個有前科的人的太太並不是明智之舉。雖然道德上應該如此，但身為罪犯的親人卻會讓小夜子和肚子裡的孩子往後很辛苦。

「老公，聽我的話吧。」

小夜子再度說道。

「好，我會照妳的話去做。」

有介姑且這樣安撫她。

「真的嗎？你真的會去警察局吧！」
「嗯！明天再去。」
「明天？為什麼？」
「在這之前有事要辦。這次的事件不是只有我一個人。」
「你還要跟其他人商量嗎？」
「對，到現在還剩下一位夥伴。」
有介沒有說出佐倉翔子的名字。
「還有人啊？是誰？」
「我不能說。」
為了阻止小夜子追問，有介故意嚴肅地望向她，然後無言地繼續開車。
到了橫濱的娘家，他讓小夜子下車，拿下行李。
「明天再跟妳聯絡。」
有介一邊走向車子，一邊說道。但小夜子抓著他的手，說：
「等一下你要去哪裡？」
「剛剛說了，我要去找那個夥伴，我們約好了。」
「你也會勸那個人自首吧？」
她央求的眼神看著丈夫。有介微笑地點點頭說：

「對，我是這樣打算的。」
「等你談完馬上過來接我喔。我不會睡，等你。」
「這樣對身體不好，不要這樣。別擔心，我明天就會來接妳。」
「真的嗎？」
「真的。趕快進去吧，外面有點冷了。」
即便如此小夜子還是一動也不動。有介放開她的手，上了車。
「老公。」
小夜子在駕駛座的窗戶外對有介說：「真的要來接我喔！」
「相信我啦……」
說完，有介發動引擎。車子緩緩前進，他在後照鏡中看見小夜子不安的臉。
我會再來，但會帶著離婚同意書——看著鏡中的妻子，有介對自己說道。

32

住在吉祥寺的一名女子遭受到連續殺人事件的女兇手襲擊。成城署搜查總部接獲此消息是在凌晨零點左右，被害人的手腳都被牢牢的捆住，嘴巴被塞入毛巾，為了求救只好不斷地用自己的背敲打牆壁。不巧隔壁房間的屋主很晚回來，才會拖到這個時間才發現。

留在這裡加入聯合搜查的紫藤躺在柔道場，聽到根岸告訴他這件事馬上跳了起來。

「被害人名字是鈴木美繪子，住在南町綠住宅的單人套房，二十六歲上班族。根據鈴木的證詞判斷，入侵者就是這個女的沒錯。」

小寺警部充滿幹勁，快速地說明：「兇手的目標是之前住在那裡的日浦有介。兇手離開公寓是快九點的時候，或許已經到了日浦住的地方了。」

「那我們趕快過去吧！」

根岸接著說。

「已經派四個人去了，還跟三鷹署取得聯繫，讓我們暗中派刑警埋伏。應該已經有附近的派出所員警前往……」

警部還沒說完，桌上的電話響了。警部迅速地接起電話：「喂，是我……什麼？跑哪去了？嗯，好……我知道了。你們先在那裡待命。」

掛上電話，小寺警部嚴肅的臉環視著大家，說：

「日浦家空無一人，玄關的門也沒有鎖。」

「是被兇手襲擊了吧？」

成城署的刑警問道。

「不，依目前情況看來，如果遇害應該會有屍體。而且屋內沒有凌亂，日浦的車子也不在。」

「可能是逃走了！」

紫藤說道：「安生、丹羽相繼被殺害，他覺得自己很危險吧……但是玄關的門沒有鎖，這不知道有沒有特別的意義？」

「或許是匆忙間忘了鎖。」根岸說道。

「也許吧！」

紫藤點頭時，電話再度響起。這次還是小寺接的電話。說完幾句話後，他放下聽筒。

「日浦可能真的逃走了。」

「怎麼說？」紫藤問道。

「聽公寓管理的不動產公司社員說，就如同鈴木美繪子的證詞一樣，八點半左右她打電話去問之前住在那裡的人的聯絡方式。之後沒多久就接到日浦的電話，而日浦也問起現在住在綠住宅那間房間的人是誰。」

現場一陣譁然。

「為什麼會這樣呢？」根岸質問道。

「可能是日浦自己也想到兇手的行動吧！兇手不知道他搬家的事情，所以一定會去之前的公寓找他，為了了解狀況，所以才會打電話給不動產公司問現在住的人的聯絡方式，然而卻聽到不動產公司跟他說有人打來詢問他的聯絡方式，於是他知道兇手已經逼近了。」

「原來如此。所以他才會逃走嗎？」

根岸用拳頭在桌上狠狠一擊，說：「難怪會忘了鎖玄關的門。」
「時間上來看，兇手應該已經到日浦家了。但知道日浦不在之後，她又跑掉了。」
小寺警部無奈地同意了紫藤的看法：
「有可能是這樣。總之今晚先埋伏吧。」
警部指示三名刑警跟當地的一名刑警進行埋伏跟周邊查訪。
「當時，兇手潛入吉祥寺的公寓裡等待屋主回來。」
成城署的刑警說：「但這次去日浦家後，為什麼沒有在房間裡等待呢？」
「對喔。」
小寺回過頭，反問：「為什麼呢？」
「可能是知道日浦逃走了。」紫藤說道：「房屋裡有留下這樣的跡象吧！」
「原來如此，這也有可能。總之先追查日浦的去向。」
小寺警部看著其中一名部下問道：「你今天傍晚去找過日浦了吧？」
「是的。日浦在選手時代跟丹羽很熟，也問到有關丹羽是否使用禁藥的事，可是沒套出什麼話，非常抱歉。」
一位中年的資深刑警慚愧地低下頭。
「跟丹羽有往來的體壇人士有一百個以上，不可能每一個都追蹤吧！不要在意。但是日浦當時的反應如何？是害怕，還是有沒有異常的情緒？」

「確實顯露出嚴肅的表情，但是可能是因為好友的遇害身亡的關係吧！」
「他太太呢？有發現丈夫的性命受到威脅嗎？」
「刑警去的時候她是感到有些不安，可是看不出來有要準備逃走的樣子，而且她還有孕在身呢！」
「她懷孕啦？」
小寺警部握著拳托著腮幫子思索了一會兒，又鬆開拳頭，指著根岸說：
「查一下日浦太太的娘家，還有，日浦的老家也查查看。」
「我知道了。」
「之後加強巡邏，還有追蹤日浦的車子。可惡，希望不會又是馬後砲。」
小寺悻悻然地彈了彈手指。

33

凌晨零點四十八分。
有介在多摩川附近下了車，走在街燈很少的昏暗道路上，穿越過周圍有鐵絲網包圍的公園。
這裡是翔子說的地方。

進入公園，沿著漫步道走著。

這個公園不是很大，有個小小的噴水池，周圍雜草叢生，外側有個小花圃。因為是半夜，噴水池沒有噴水。有介坐在池邊環顧四周，心想這真是人煙罕見的地方，年輕的情侶應該不會到這麼荒涼的地方約會。不過也許是因為時間也很晚了。

不知道從哪兒聽到引擎的聲音。聲音越來越靠近，又突然停止。有介望向聲音的來源。

有人來了。他把手伸進外套的口袋中握住刀子，同時躲在旁邊的長椅後面。

但當他清楚地看到出現在眼前的矮小身影時，才鬆一口氣走了出來。而這次換他嚇到對方，只聽見對方倒吸了一口氣。

「不要嚇我啦。你該不會以為是她吧！」

翔子拍了拍胸口說道。

「妳開車來的啊？」

「是啊！她去你家的話，表示我的公寓應該沒事，所以我就回去拿車。」

「原來是這樣。」

有介看著她手上拿的東西，是金屬球棒。

「之前做電視節目的時候有棒球比賽，這就是當時練習用的球棒。」

翔子意識到有介的視線，於是向他解釋。

「喔……」

拿這樣簡單粗糙的東西要當武器，有介覺得有些悲哀。

「其實我有話想跟妳說，要不要去妳車子那邊？」

「現在嗎？」

「對。」他回答：「在她來之前想先跟妳說。」

翔子想了一下後便點點頭：「好啊！她應該還不會這麼快到。」

跟在翔子後面走著，便看到公園邊緣停了一部只有兩人座的紅色轎車。

「其實我有一個想法，」坐進車內後，有介說道，「我想做個了結，我覺得通知警察比較好。」

翔子皺皺眉頭，問：

「為什麼急著跟我說這些？」

「這是為了彼此。再怎麼說我們都不應該殺人，就算是殺了人也逃不過警察的眼睛，這樣只會加重刑責。」

「不要讓我重複說同樣的事。現在通報警察的話就真的完了。」

「可以重新開始的。」

「重新開始？」

翔子搖搖頭：「你什麼都不知道。這個國家不是可以讓你重新開始的國家。尤其像我做這種工作的人，除了消失跟被遺忘，沒有別的了。」
她盯著有介的眼睛：「你也是啊！會失去一切的。這樣好嗎？你太太怎麼辦？」
「我……」
有介嘆了一口氣：「我打算跟她分手。」
「什麼……」
翔子認真地注視著有介的臉，緩緩地搖頭說：「真體貼，一點都沒變，跟那個時候一樣。」
有介一時語塞。
翔子指的是選手時代，或許應該說是使用禁藥的時候吧。當時堅毅的友情，不知何時轉變成男女情感，甚至還認真到曾經論及婚嫁。
但那不是真正的愛情，只是共同擁有的罪惡感造成兩個人的錯覺罷了。就在停止用藥，離開選手的生活之後，兩人的關係急速冷卻。
「那個女的去了吉祥寺的公寓，警察就會發現我，瞞不下去的。」
「這樣的話你自己去投案吧！我不去，我要跟她對抗。」
翔子別過臉，看向前方。
她知道有介的個性是不會自己逃走的，她知道有介沒有辦法丟下她。
「算了吧！會被殺的。」

「與其進監獄，我寧可被殺。」

「開車吧，我們兩個人一起去投案。」

「不要管我！」

翔子瞪著有介，兩人眼神交會了幾秒。

接著兩人的眼神出現變化。他們聽到某處傳來「刷——刷——」的奇怪聲音。

「那是……」

「直排輪的聲音。」

翔子貼近車子前面的擋風玻璃，睜大眼睛看著。有介咬著牙，想起自己前一陣子才新買了一雙直排輪鞋，一直放在公寓的鞋櫃上面。

數十公尺前方出現一個巨大的黑影。這身影比想像中的還要大上許多，一開始他們還看不出那是人的影子。

「是她！」

「快逃！」

有介即時反應，翔子則馬上發動引擎。同時，穿著直排輪的高大身影突然停住，窺探這邊的情形。

「一口氣衝過她旁邊逃走吧。」

有介喊著。但是握著方向盤的翔子緩緩地搖著頭說：

「不要，我不要逃。」

於是翔子變換車檔，猛踩油門。

「不要啊，翔子。」

「抓好。」

說完，車子倏地向前奔馳。有介的背緊貼住椅背，眼睛則看著那巨大身影迎面而來。

34

紅色的車子猛烈地逼近著，她便確定裡頭坐的是日浦有介跟佐倉翔子。他們不僅沒逃走，擺明就是要開車輾過她。

車燈朝她直逼而來，她便往左邊閃開。車子從旁邊擦身而過之後立刻迴轉，再度向她迎來。

她也蓄勢待發，觀察著時機。她完全沒打算再逃開，否則是沒辦法打倒他們的。

紅色的車子逼近，她膝蓋一彎，屏住氣，在距離兩、三公尺時奮力一跳。下一秒，她穿著直排輪滑到車子擋風玻璃上，再從擋風玻璃滑上車頂，但在往後車玻璃滑下時她忽然失去平衡。

即便如此，她並沒有倒下。她抓住後面的阻流板，雙腳落在地面上。車子繼續前進著，她便以滑水的姿態被車子拖著走。

這時她取出手槍，從後車玻璃看見兩個人的身影。她左手抓著阻流板，右手舉起手槍瞄準。

「趴下，她手上有槍！」

有介看見後車燈的紅光照在她身上，立刻大喊提醒翔子。但是翔子兩眼充血，直望著前方。她一點也沒有鬆開油門，忽左忽右地奮力打著方向盤試圖甩掉她。

「快低頭！」

有介伸手壓下翔子的頭。就在這時候……

「踩穩！」

換翔子喊著，有介立即反應，瞬間兩腳伸直。接著翔子突然踩下煞車，輪胎發出尖銳的聲音，有介整個身體向前傾，幾乎撞上擋風玻璃，安全帶把肩頭勒得死緊。

後面傳來東西跌落的聲音，看來她也摔得很慘。

車子還沒停下來，翔子馬上又切換到倒車檔。

「壓死妳！」

翔子扭曲的紅唇低聲說道，同時放空離合器猛踩油門，用力到整個身體從椅子上撐了起來。車子也以驚人的速度猛烈地往後退。

有介彎著身子，準備承受撞擊。翔子想要衝撞某個地方來包夾少女。

車子在發出劇烈的聲響之後停了下來。有介則因為衝擊過大，一時之間忘了呼吸。

他提心吊膽地轉過頭，看見車尾撞上公園的鐵絲網，卻不見那個少女的蹤影。

她不見了——正打算這麼說的時候，車頂上發出聲音。有介隨即轉頭看向前方，只見一雙直排輪鞋滑過擋風玻璃。

她從車上飛躍下來，快速地滑到十幾公尺外，迴轉之後用猛烈的速度撲向兩人。

引擎熄火了。翔子急著轉動鑰匙，但引擎發動前，少女已經來到車子左側並試圖打開副駕駛座的車門。然而她發現車門上鎖，於是隔著玻璃舉起手槍。

這一瞬間，有介近距離地看到這個前來索命的女生。就像目擊者說的，她的體態相當健美，不愧是仙堂之則的傑作。不過她稚氣未脫的臉龐與壯碩的身材很不協調，有介也再次了解這確實是人工的產物。

「快逃，翔子。」

回過神，有介立刻大喊。下一秒，他打開門試圖撞她，而她也靈敏地往後跳開。

這時，引擎啟動了。少女猶豫著要先對付有介，還是先追車子，後來她似乎決定要先解決車內的人，於是在車子開動前，她抓住了半開的門。

伴隨著引擎的響聲，車子開動了。她緊緊抓住車子，腳上的輪鞋也跟著滑動。

槍裡只剩一發子彈，但是對手有兩個人，這讓少女的行動受到牽制。

她對射擊沒有自信，所以要開槍就得確保能打倒對方，因此她知道自己不能一邊抓著行進中的車，一邊隔著玻璃瞄準對方。

開車的人一定是佐倉翔子沒錯。翔子為了擺脫少女的糾纏，左右激烈晃動蛇行前進。不過少女也不甘示弱，兩腳叉開使勁地踩穩，打開車門，一邊留意自己身體的平衡，一邊強行擠入車內。

佐倉發出哀號。一手緊握方向盤，一方面試圖伸手拿放在後座的金屬球棒。但是這個武器不太適合狹窄的車內。

佐倉緊急煞車。上半身卡在車內的少女因為作用力，往前飛了出去，用力撞到前方的擋風玻璃與門框，倒落在車外。

然而她隨即抓住車門站了起來，雙眼搜尋獵物的行蹤。佐倉下了車，往河堤的方向跑去。

少女穿著直排輪追了過去。途中有階梯，她還是毫不費力地爬了上去，腳下的直排輪鞋發出「咯、咯」的聲音。

佐倉沿著堤防跑著，下了河床。這裡當然不是柏油路，雜草叢生的地面到處都是大石頭和松樹。即便如此，少女還是穿著直排輪在上面的堤防追著。跑在前面的佐倉提心吊膽地不時回頭。

「不要過來！」

佐倉大喊，朝著河川繼續跑著。靠近河邊小石子越來越多，幾乎成了碎石子路。她敏捷地脫下直排輪，赤腳追著佐倉。

佐倉爬到一個大岩石上，旁邊布滿許多岩石。

少女輕鬆地跳過一個又一個石頭，大步地跳過一個又一個，眼看就要追上佐倉了。佐倉一直往前跑不敢停下來，然而終於來到最靠近河的地方，她回頭哀求著：

「求求妳，不要殺我。」

但是少女不為所動。從仙堂遇害的那天晚上開始，她一心只想著報仇。

她緩緩地舉起手槍，扣下扳機。

一個聲響傳來。是槍聲，有介心想。這個時候他還在被遺棄的車子旁邊徘徊。他無法確定這個聲音是從哪裡傳過來的，不過直覺告訴他是河川那個方向。

越過堤防，有介走下河床。燈光微弱，雜草叢生隨風飄動，很難察覺是否有人的存在。他彎著身子，小心翼翼地前進著。

眼睛逐漸適應黑暗之後，終於可以清楚看見地面。他看見上面有幾條明顯的痕跡。很快地，他知道這是直排輪的痕跡。

沿著這痕跡追過去，來到了下面的石子路。那雙直排輪鞋被丟棄在此。

有介一面環視著前後左右，一面繼續前進，前面有幾個大石頭。他不認為翔子能爬過這岩石逃走，雖然過去曾是體操選手，但即便動作再怎麼敏捷，也不敵這巨大的女生才對。翔子應該也知道自己一定會立刻被追上。

有介改變方向，打算折回。這時他突然聽到旁邊有聲音。

他屏住氣息準備防守。岩石陰暗處，出現了一道黑影。

「是我。」

原來是翔子。

35

凌晨一點左右。紫藤陪同警視廳根岸他們前來拜訪山下家，也就是日浦小夜子的娘家。

「他真的沒說要去哪裡嗎？」

根岸兩眼充滿血絲，站在玄關處問小夜子。她身體微微顫抖，輕輕地點頭回應，說：

「他只說要去朋友那邊。」

她連聲音也在顫抖。但她看起來不需要紫藤等人說明，似乎就知道發生什麼事了。看來她丈夫可能已經向她坦白。

「您知道那位朋友的名字嗎？」

紫藤詢問，但她搖頭說：

「我問了，可是他沒告訴我。他只說還有一個人。」

「還有一個人？」

根岸歇斯底里地搔搔頭。

「請問您對剩下的那個人知道多少？就算是小事也可以。」

小夜子依然搖搖頭，似乎完全沒有心情想那些。

「太太。」紫藤不想刺激她，盡可能放慢問話的速度，「今天晚上你們離開公寓的時候，玄關的門沒鎖。您知道嗎？」

這個問題好像話中有話。

「我知道。我原本說要鎖玄關的門，但我先生說不用了。」

「不用？是他說不用鎖門的，對吧？」

「是。」

紫藤與根岸互看對方。不鎖門，應該是故意要讓兇手進去的吧？但目的是什麼？

「對了，那個時候……」

小夜子小聲地說：「他好像放了一張紙在鞋櫃上。」

「紙？是字條嗎？」

「應該是。」

「上面應該寫著地點，」根岸說道：「他打算引誘犯人到那個地方去吧！」

紫藤也同意根岸的說法。照這情況看來，或許日浦他們決定要跟兇手對決。不過到目前為止總部倒是還沒有收到發現死者的消息。

「引誘犯人……好危險。」

小夜子雙手緊緊地揪在胸前，繼續說：「兇手到現在已經殺了很多人了吧？她是不是很可怕？新聞報導說她很高大，跟怪物一樣。」

「我敢保證她真的很可怕。」紫藤堅決地說：「而且，看來妳先生他們還想要打敗她。不過他們有強力的武器。」

「強力的武器？」

小夜子濕著眼眶看向紫藤，說：「是什麼？」

「是手槍。仙堂之則在山中湖別墅遇害時，我們從他體內取出了子彈，可是在被焚燒的屋內卻找不到這把重要的凶器。」

關於這把手槍搜查總部的人從一開始就在追查了，可是在安生拓馬跟丹羽潤也的房裡都沒有找到，所以有可能是在日浦有介這邊，或是在剩下的另一個人身上。

「我先生要對兇手開槍……」

「恐怕是這樣。」

紫藤點點頭。

不過兇手的槍裡也還有一發子彈。日浦他們會成功還是犧牲，恐怕結果已經不可言喻，紫藤心想。不過在夫人面前，他無法說出口……

36

看著翔子的身影，有介除了放心之外，心中卻也感到訝異。

他還以為剛剛的槍聲是翔子被射殺時的槍聲。

「翔子妳沒事吧？」

有介不自覺地拉高聲調問道。

「嗯，還可以。」

相較之下，翔子的聲音顯得很沉著。有介似乎沒聽過她這樣壓低嗓音說話，看來她也受到了驚嚇。

「那個人呢？」

有介問道。翔子深深吸一口氣，屏住呼吸看著有介的臉，然後慢慢吐氣，緩緩地閉上眼睛說：

「死了。」

「死了？是妳殺了她的嗎？」

有介感覺到自己臉頰的肌肉微微顫抖著。翔子睜開雙眼，回答：
「是啊！我殺了她。」
「妳怎麼辦到的？我剛剛好像聽到槍聲。」
「你說這個啊？」
翔子伸出右手，手上有一塊黑色物體——是手槍沒錯。
「……這是妳從她身上搶過來的嗎？」
有介分不出槍枝的種類，只在心裡想著她是如何從一個怪物手上奪過槍來，他感到相當不可思議。翔子嘴唇微微上揚竊笑，說：
「你不記得這把槍了嗎？是仙堂之則手上拿的槍啊！那天晚上他用這個威脅我們，結果反而是這把槍奪走他的性命。」
有介這才恍然大悟，又問：
「可是那把手槍不是丟在屋子裡了嗎？」
那天晚上發生了太多事情，讓有介完全忘了槍的事。
「我原本是丟在屍體的旁邊沒錯，但後來又把它撿起來了。」
「原來是這樣。但妳是什麼時候拿的？」
「進屋子點火的時候啊。灑完燈油出去外面時，只有我拿了打火機再進去啊。」
「對喔！原來是在那個時候啊……」

本來要進去點火的是潤也，可是翔子堅持要自己去。她說因為殺了仙堂，覺得帶給大家很多困擾。

「可是，為什麼啊？」

有介皺眉頭看著翔子，問道：「為什麼要撿那把手槍呢？當時並不知道那個女的會來報仇啊。」

「這個嘛……不怕一萬只怕萬一嘛。再說一般人要擁有真正手槍的機會很少。」

「所以是為了防身嗎？」

「是啊，剛剛多虧有它救了我，但是以後應該用不到它了。」

翔子把槍遞給有介，說：「要不要摸摸看？」

有介接過手槍，金屬冰冷的觸感讓他打了個寒顫，而且手槍實際上比外表看起來還要沉重。

「為什麼要隱瞞到現在呢？」

看著閃著黑光的槍身，有介問道：「早知道有這個東西，我們對應的方法就不一樣了。」

「會有什麼不一樣？大家會競相搶這把手槍吧？槍只有一把，可是兇手會攻擊誰根本不知道。」

翔子冷靜地反駁，完全感覺不出來她剛才殺了人。有介沒再回話，只是輕輕地嘆了一口氣。或許她說的是對的。

「她的屍體呢？」

有介轉換話題。

「河裡啊！」翔子回答：「就算是那個怪物也不敵子彈，中槍之後很痛苦地掉進河裡。她應該是腹部中彈，沒救了。」

「這樣啊……」有介嘆了一口氣，問道：「之後呢？要怎麼辦？」

「處理善後囉！」

「善後？」

「先處理這個。」

說完，她拿出另一把手槍，「那個女的掉到河裡之前，這把槍就掉在旁邊，裡面還有一發子彈。」

「這要怎麼處理？」

翔子沒有回答他的問題，只是盯著手裡的槍。

「怎麼辦？」他再度問翔子。

「有介。」翔子抬起頭看著有介。

「嗯？」

「對不起。」

她說完的同時，手中的槍迸出火花。有介還搞不清楚狀況，就這樣往後倒下。他的身體彷彿受到強大的衝擊，整個人向後飛。他試著站起來，但是他感到身體好沉好沉，一動也不能動，只能全身僵直。

過了一會兒他才知道自己中彈了。此時他望著夜空，心想著明天要是下雨的話，一定要拿傘過去接小夜子。

翔子蹲在有介旁邊。

「對不起。」

她用悲傷的臉看著有介：「可是我也沒辦法。」

「為什麼？」

有介問道。在失去意識之前，他努力保持清醒注視著翔子。

「不這麼做的話，警察不會接受的。發現她的屍體之後，不是會進行解剖嗎？等到從體內拿出子彈，他們就會知道殺了仙堂的兇手也殺了這個女的，搜查行動就會繼續進行，直到抓到我為止，最後連加拿大研究室還有受訓的事情都會被查出來。這樣我會很頭痛啊，我可不想被抓走。」

有介感覺到從腹部蔓延至全身的灼熱感，看來中彈的地方不是腹部就是胸口了。比起疼痛的感覺，更強烈的麻痺感覺壓迫著胸口，再過一會兒，他應該就會痛到失去意識。他雖然不想死，但一方面又有點希望自己在那股疼痛來臨之前就斷氣。

「對喔，所以妳才要讓我拿手槍……」
「對！我是故意讓你拿的。這樣警察就會誤以為你們是互相開槍的。」
「妳是……什麼時候想到的？」
「什麼時候啊？我想想，就是知道那個毒蜘蛛存在的時候吧。那時候，我就知道為了自保，我只能這樣做。殺了那個女的，然後把罪嫁禍給你們其中一個，而且最好是在她殺了兩個人之後進行。看來事情的發展相當理想，而且發展都在我預料之中。」
「為什麼……要這樣做？」
「這樣的話，知道我過去的人就全都不存在了。我想利用毒蜘蛛借刀殺人。」
翔子輕鬆地回答道。
「那麼說……拓馬跟潤也相繼被殺，對妳來說很幸運囉？」
「是啊。」翔子心情平靜地承認：「不過，也不是單純的好運。他們兩個本來可以不死的。」
「什麼……？」
有介睜大眼睛。瞬間激烈的疼痛就像電流一般，從頭部貫穿腳底。
「一開始安生跟毒蜘蛛對決的時候，其實我也在場，就是健身俱樂部。」
「妳說什麼？」
「那天晚上安生打給我，問我是不是打過電話給他，他說那天晚上有個莫名的女子打電話到他家問他在哪裡。於是我立刻聯想到，那個女生已經來了，就掛上電話馬上趕往健身俱樂部。看到停車場的警衛倒在地上的時候，我就知道我猜中了。走進訓練室一看，他們兩個正在對峙。」

翔子說話的節奏變得很快，情緒似乎亢奮了起來：「真不愧是安生。他成功地從她手上搶過手槍，就算那個女的隱身在暗處，整個情勢對安生來說還是很有利。我當時猶豫了一下，是要這樣讓安生殺了她呢？還是要讓她殺了安生？結果我想讓他先死。警衛一開始就看到毒蜘蛛的長相，所以就算把她的屍體藏起來，安生還是免不了要被警察盤問，而安生知道我的過去。我在黑暗中凝神觀望著，思考著該怎麼做。於是，我發現掉在地上的槓鈴的橫桿，那是安生稍早拿來當武器的東西，我就把它撿起來，潛身到入口處，心想安生可能會來打開電燈。果然不出我所料，他朝我的方向走過來，但他似乎完全沒有發現我的存在。當他準備開燈，我站了起來，橫桿一揮。安生感覺到頭部被重重的一擊，當場倒在地上。一確定他昏倒，我就逃走了，離開健身中心的時候，就聽到槍聲響起。」

有介簡直不敢相信自己的耳朵。他看著翔子，但是翔子的臉已經漸漸模糊了。

「丹羽的事情也是我精心策劃的。」

「妳是說……字條。」

「沒錯。他逃到八王子的時候，老實說我很慌。而且那個女的已經先來過我家，幸虧我巧妙地閃過了，果然我還是比較幸運。而我也利用這點好運，馬上去丹羽的公寓貼上字條，結局就如同我們所知的一樣。」
「那我也是嗎？……」
「沒錯。」
翔子察覺出有介想問的。「你會這樣死掉，也在我的計畫之內。當然，你真的被那個女的殺掉，我再殺了她這樣也很好。如果這樣你不但玩完，我也不用再多受一些良心的譴責。只可惜是那個女的先來殺我，所以沒辦法囉。」
瞬間，翔子臉上浮現出沾沾自喜的表情，簡直就像是惡作劇成功似的。
有介這才發現翔子瘋了。
「剛剛跟你說過從仙堂家帶走手槍的理由，其實是騙你的。事實上，那個時候我就想過要殺了你們三個。不，應該說是從以前就一直想要除掉知道我過去的人了。」
「所以妳對仙堂也……？」
「是啊。當時其實是下意識地開了槍，但現在回想起來，也許我當時就已經在心中盤算好了，覺得當場先殺了他也好。」
妳已經瘋了——有介想這麼說，卻使不上一點力氣出聲，意識也開始漸漸模糊。
「有介，你快死了吧？」
翔子的聲音越來越遠。
「有介、有介，你好可憐喔！對不起，不要恨我啊！」

有介的視線彷彿籠罩了一片灰色的膜，膜的另一端，他彷彿看見白色的生物在動。那是翔子在高低槓上的姿態。她就像仙女一般，優雅地在兩條高低不同的橫槓間舞動。

因為服用禁藥的關係，有介與她相識，當時她還是高中生。翔子比起過去他認識的女性朋友，更閃耀動人、充滿魅力。有介很快地被她吸引，而翔子也愛上了他。

事實上，在仙堂的實驗者中她相當特別。她不但最年輕，而且是唯一的女性。比較不同的是，翔子會託付在仙堂手下並不是她自己的意思，而是她母親的期望。

她母親也是名體操選手，但一直沒有受到注目就引退了，於是她把希望寄託在女兒身上。得知關於仙堂的事情後，就拜託仙堂指導翔子。她當然知道仙堂的真面目，也應該知道他會對自己的女兒做出什麼事情，儘管如此，她還是希望翔子以體操選手的身分出人頭地。當時翔子的父親已經過世，否則他一定不會同意。

有介並不清楚詳情，但只知道翔子從仙堂那邊得到的是專門控制精神的藥物，比如防止精神低落的藥、忘記恐懼的藥、持續緊張興奮的藥等等。也許仙堂多番考量之後，發現為了提升她的能力，精神改造是最快的方法。

後來翔子在體壇留下優秀的成績，她母親也相當滿意。有介還記得每次比賽，她總是會來為翔子加油。她母親不喜歡有介跟翔子這麼親近，可能是認為這會影響她的選手生涯吧！所以在她母親面前，有介不會靠近翔子。

「媽媽的口頭禪就是問我吃藥了沒。」

他聽過翔子用不解的口氣這麼說過，可見她服用藥物有多麼頻繁。有介沒有勸她不要吃這麼多藥，畢竟他並沒有資格說這種話。

而她母親就在翔子引退不久後過世了。有介好像快要想起她母親的死因，但是記憶已經相當模糊。她母親到底是怎麼死的？

「對不起」這三個字聽起來變得好微弱。

妳已經瘋了——有介心想。

但是沒有辦法！一切都是藥物惹的禍……

37

如同紫藤擔心的，十六號早上，在狛江市多摩川的河邊被附近的居民發現日浦有介的屍體。雖是狛江署的轄區，但留宿成城署搜查總部的搜查員警也趕往現場。

「在這種地方被殺，真是諷刺啊！我們的搜查總部就在距離這裡不遠的地方。」

看著遺體被送走，小寺警部遺憾地低聲道，痛苦與無奈的表情全寫在臉上。昨天晚上以幹線道為中心進行的大範圍巡邏，看來是徒勞無功了。

紫藤想著日浦小夜子。打從心底愛著丈夫的她要是知道這悲劇的話會有多麼傷心啊！他也很同情負責通知她的警官。

「那麼說，兇手的槍裡已經沒有子彈了吧！」
根岸說道。
「應該是這樣沒錯。」
小寺神色黯淡地說著。對於兇手用盡子彈這件事，搜查人員一定覺得很羞愧。
根岸看向紫藤。
「日浦手上拿的那把手槍，是當初殺害仙堂之則的那把手槍吧？」
「還在等鑑識報告。不過應該是沒有錯，至少手槍的口徑一致。」
「是S＆W的吧？」
「是。這把手槍並不是日浦等人所持有，應該是仙堂用某些方法從國外帶回來的。」
另外，他們還在距離死者十幾公尺以外的岩石旁邊發現一把手槍。這把手槍確定是從山梨縣警吉村巡查身上偷走的那把。
再者，距離岩石堆的數公尺左右發現有血跡，這血跡不是日浦有介被開槍後移動所留下來的，所以警方猜測，這若不是兇手的血跡，就屬於兇手最後的目標。
而且警方對附近居民進行查訪，蒐集到了一些情報。首先，附近有幾戶人家表示前一天晚上聽到公園裡有車子衝撞的嘈雜聲。住戶以為可能是飆車族，所以也就沒有想太多。另外，根據搜查員調查發現，公園的鐵絲網有遭到撞擊的大凹洞，旁邊道路上還留有幾條頗新的胎痕。從時間上考量，警方不排除這與殺人事件有關係。還有距離公園稍微遠一點的地方停有一部PAJERO，初步判定可能是日浦有介的。但是地上的車痕並不屬於PAJERO，輪胎寬度明顯不同。搜查員警一致認為，那個不明胎痕應該是日浦有介最後一個同伴的車子所留下的。

然後，還有三個證人表示昨天晚上聽到槍聲。一個是學生，另外兩個是社會人士，都很年輕，應該不會聽錯。根據他們所描述的，昨天晚上，他們聽到兩次槍聲。

「岩石堆旁邊血跡有可能是犯人的，她可能受到了槍傷。」

回到成城署搜查總部，小寺警部自信滿滿地說道：「兩次聽到槍聲，表示日浦也開了槍，因為兇手的手槍還留有一發子彈。日浦可能打中了兇手。」

「他們互相開槍嗎？」

成城署的刑警問道。

「不，好像不是這個樣子。從證詞判斷，兩次槍聲將近十分鐘的時間，首先是日浦向兇手開槍，這是第一次。接著兇手受傷了，但是沒有死，於是兇手對日浦開槍，這是第二次，然後日浦死了。會不會是這樣呢？」

「日浦的同伴呢？」

「應該逃走了吧！」

關於日浦的同伴，警方也已經掌握了重要的線索。從車子衝撞公園鐵絲網的凹痕，發現了紅色烤漆；從道路上留下的痕跡判斷，確定這車款可能是跑車。只要花一點時間，就可以找出是什麼車子。

「兇手追過去了嗎？」

其他刑警問道。

「或許吧。總之兇手又逃走了，說不定還打算再度進行攻擊。」

「我覺得藏匿在附近的可能性很大，畢竟她還受了傷。」

根岸說道。

「一般來說應該是這樣，但是這個兇手不能用常理推論。」

小寺深深吸一口氣說。在場的其他人都點頭表示贊同。

「總之先找到剩下那個人才是上上之策。」

「沒錯。」

小寺雙手交叉環胸道。

這時一位刑警走進來，手裡拿著報告，說：

「警部，鑑識課提出一件很可疑的事情。」

「可疑的事情？」

「是關於死者身上子彈射入口和射出口。子彈在日浦有介胸口處進入，然後從背後貫穿。」

年輕的刑警一邊比畫，一邊說明。

「所以？」

「從子彈的角度來看，手槍是在很低的位置開槍的。以這次的兇手的身高而言，她必須把槍放低至中腰或是膝蓋的高度開槍。」

「什麼……」

說完這兩個字，小寺陷入了沉默。他仔細推敲著鑑識結果的意義。終於，他開口了：

「兇手坐著開槍或站著開槍有什麼關係嗎？」

「不過，」年輕刑警目光落在鑑識報告上繼續說，「根據報告，日浦有介是在一公尺以內遭人近距離開槍的。這麼近的距離，兇手為什麼要蹲下來？」

「讓我看一下。」

小寺一臉嚴肅地從部下的手中接過報告。看完之後，紫藤看見小寺的眼神變得相當銳利。

「近距離射擊這點很奇怪呢！」

警部尚未開口說話之前，根岸率先發言：「到目前為止，日浦有介跟其他被害者不一樣的是他手裡有槍，兇手應該不會這麼笨地接近他才對。那從正面一公尺以內開槍，是怎麼回事呢？」

「如果兇手這麼靠近，日浦沒做任何動作也很奇怪。應該不會沒發現她吧？」

「槍裡面還有子彈嗎？」

其他刑警問道。紫藤回答：

「還有十幾發。日浦有介的那把槍可以填充十五發子彈。」

「哦！」訝異聲四起。

「連續射擊用的。」

根岸從旁補充說明：「這把槍的優點並不是準度，而是可以隨意連發。原本應該屬於仙堂，不過這種手槍滿適合用來防身的。」

「可是日浦只開了一槍，又是為什麼？」

小寺環視眾人，可是沒有人回答。

「有一點可以列入參考，」紫藤又發言道，「對日浦開槍的不是那個女殺手。」

「什麼？」

小寺眼角上揚：「那會是誰殺了他？」

「敵人已經這麼靠近，日浦是不可能不開槍的。也就是說，那個人對日浦來說不是敵人，而是他的朋友。」

「難道說……？」

警部搖搖頭：「萬一真的是這樣的話，那位友人為什麼要背叛他？」

「當然是想要在這階段斷絕後續警察的搜查囉！」

「那麼，當時那個高大的女殺手在哪裡？」

根岸從旁提出疑問。

「她不可能會乖乖站在旁邊看，所以有可能是日浦被殺的時候，她人已經不在了。第一發槍聲是日浦他們對那個女的開槍，因為受傷的關係，那個女的不得不逃走。」

「嗯……」小寺發出低沉的聲音回應。紫藤的分析不是沒有道理，小寺也覺得事情很有可能是這樣。

「如果說，對日浦開槍的人的身高沒有這個女兇手高的話，就能呼應鑑識科對於子彈射入口和射出口的疑問。」

根岸對小寺說道。小寺看著報告書，點點頭。

「這倒是，但也不是完全沒有其他疑點。」

「什麼意思？」

「根據報告，兇手如果是站著對日浦開槍的話，可以推斷這個兇手的身高應該是一百六十公分以下。」

「一百六十公分？」

根岸睜大眼睛，共同參與討論的刑警也全體譁然。

「怎麼樣？這次又太矮了吧？而且又是個運動選手。」

「但是如果是女生呢？」

對於紫藤的推論，小寺又倒吸了一口氣。紫藤回頭看著小寺，繼續說道：「沒人敢保證那位友人不是女的吧？」

「對呀……是女人啊……」

當小寺警部自言自語的時候，其他刑警回來了。

「車子已經確定了，是九〇年代的三菱ＧＴＯ。顏色當然是紅色。」

「好。」

小寺敲了一下桌子，說：「車子已經確定了。接下來就是兇手的年齡和運動項目。」

38

搜查員警一一搜索小夜子跟有介家裡的每一個房間，試圖尋找關於有介最後一名夥伴的線索。

小夜子把自己關在燈光微弱的房間裡，聽著從外面傳進來的對話，感覺就像聽著從不同世界傳來的聲音——那邊怎麼樣了？再找看看！可惡！一定哪裡有——

她躺在床上，靠著枕頭。發現這是有介的枕頭後，又再度悲傷了起來。自從警方通知她有介的死訊，一個早上她就不知道這樣想了多少次……

事實上，小夜子到現在還不敢相信這是真的。兩、三天前，她都還無法想像這樣殘酷的事情會降臨在自己身上。她也一直堅信自己會和有介一起為這個家打造一個美麗又安穩的未來。

有介死了，而且還是被殺的。

昨天晚上當有介跟她坦白過去的事情時，她就覺悟到必須和有介暫時分開生活。小夜子雖然拒絕了他離婚的要求，當他離去後，她又重新思考了這個問題。為了即將出世的小孩，離婚或許會是比較好的選擇。她知道這是很自私的想法，但一方面也是考慮到他自由作家的未來。

不過這也是在有介活著的時候的打算。現在他已經死了，對小夜子來說已經沒有任何選擇。

突然傳來敲門的聲音，小夜子說「請進」之後，一位年長的刑警走了進來。

「這個房間可以稍微讓我們看一下嗎？」

「好，請便。」

小夜子擦拭眼淚從床上下來。

畢竟是房間，警方也比較客氣，在一一徵求小夜子的允許後才打開抽屜跟窗戶。可是依然沒有找到相關線索。

「總部剛剛傳來消息，說剩下的一個友人是女性的可能性很大。」

年長的刑警對小夜子說道：「您覺得呢？不限定是運動相關人士也可以，您丈夫結識的朋友當中有沒有什麼女性朋友呢？」

「沒有。」

從今天早上開始，小夜子就一直重複著這樣的回答。

「這樣啊……」

刑警的口氣聽起來也不太失望。畢竟在這個年代，妻子不知道先生的事情是很正常的。

詳細搜查房間裡的結果，刑警們沒掌握到什麼線索，無功而返。警方本來打算把東西收拾好再離開，可是在小夜子的眼裡只會覺得像是拼圖一片片勉強亂拼，就請他們先回去了。畢竟這個家所有的東西都是按照小夜子決定的方式擺放。

小夜子覺得已經無所謂了，這裡已經不再是兩個人的愛巢。

她回到臥房裡，坐在化妝台前專心地化妝。整理完頭髮後，穿上有介最後一次買給她的洋裝。這是特別為孕婦設計，是一套可以根據腹部寬度做調整的孕婦裝，原本還不打算穿，今天特別穿上。

然後小夜子走到廚房，拿起立在微波爐旁邊的筆記。上面寫著自己拿手的料理，有一半以上都是有介愛吃的。

但是現在她需要的不是法式肉凍的食譜，而是這筆記的最後一頁。刑警們完全沒有注意到這筆記本。

她撕下最後一頁，走到電話的地方。那一頁紙張的內容如下：

品川區北品川××××

佐倉翔子　03 3×××××

小夜子兩度深呼吸後，拿起電話撥下號碼。希望她在家，萬一她不在的話，小夜子沒有自信再有勇氣打第二次了。

電話聲持續響著。響了五次後，她開始想要放棄了，響完第六聲，她打算掛掉電話，第七聲還沒響完，嘟聲忽然中斷，是電話被接起來的聲音。

「喂！」

對方的語調微微上揚。這個聲音難道就是佐倉翔子的嗎？

「請問是佐倉翔子嗎？」

話筒那端沉默了一下，接著對方的聲音一沉，說：「我就是，請問……？」

「我是日浦有介的太太。」

因為小夜子的話，對方再度沉默不語。看來翔子相當吃驚，同時間也可能開始萌生敵意。

「日浦……太太？請問是哪裡的……」

「請不要再隱瞞了。我知道妳昨天跟我先生在一起，但是我沒有跟警方說出妳的事情，因為我想跟妳談談。但是如果妳繼續裝糊塗的話，我就通知警察。」

小夜子努力平穩自己的心情，但說話時忍不住有點急了。佐倉翔子也顯得有些訝異，說：

「我不知道您在說什麼。」
翔子聽起來反而從容：「不過要見個面絕對沒有問題。今天晚上如何？」
「好，就今晚。時間什麼時候都可以。」
「是嗎？那就九點左右。」
「九點。我知道了，那要去哪裡？」
「既然您已經知道這邊的電話，應該也知道這裡的地址。」
「是。」
「那麼就麻煩您到我房間來吧！到達公寓的時候，在樓下保全的地方打電話給我。」
「我知道了。那麼就九點見。」
「好的，我等妳。」
佐倉翔子清亮的聲音迴盪在小夜子的耳邊。

39

放下電話筒後，翔子不由得表情變得扭曲。
那個女生會打電話來讓她感到相當意外，因為翔子還以為小夜子完全不知道有介和她的關係。或許有介無意間說溜嘴了，爛好人、太老實，一直是他的缺點。

在她跟警察聯絡之前，說要跟她見面，對翔子而言很幸運。萬一她說出去，就得要逃走了。看來得解決她了——翔子很理所當然地這樣想。只要和那女人扯上關係，準沒好事！

要怎麼解決她呢？——這裡沒有毒藥之類的東西，槍也早就不在身邊了。即便有，在這裡開槍也會引起附近鄰居的騷動。

翔子開始想像讓對方坐在椅子上，趁她不注意時從背後勒死她。不過想到勒死常常造成失禁，所以就放棄了，她並不想弄髒房間。用刀刺對方也不好，但是聽說刺進去不拔出來的話，血是不會流出來的。

翔子輕輕拍了拍手，打開化妝台的抽屜。裡面放著折疊式的小刀，刀刃有二十公分長左右。

這是在確定日浦有介死了之後，翔子從他口袋中拿走的。

當初只想從這個曾經愛過的男人身上拿樣遺物，但回想起來，在看到這把刀子的時候，翔子就直覺戰爭還沒結束。

翔子決定就用這個殺她。死在有介的刀子下，應該也是那個女的心願吧！

收好刀子後，她開始化妝。要見日浦小夜子，是有必要用心一點。翔子猜測小夜子一定會濃妝前來，強調就是因為自己的美貌，才能夠得到有介。翔子心想：別開玩笑了，就憑妳也敢這樣想啊？想到這裡她真的是無法忍受。翔子從以前就一直是鎂光燈的焦點，她絕對不容許被那種俗不可耐的女生給看扁。

翔子花了一個小時以上化妝，結束後，她打開衣櫃決定自己要穿的衣服。決定穿著後，接下來也花了一點時間挑首飾。最後等她打扮完，已經接近約定的時間了。

翔子站在鏡子面前，檢查自己的打扮是否有缺失。她不想給那個女的任何可以攻擊她的機會。

全部確認完畢後，她再度拿出刀子，亮出刀刃。她一臉陰沉地看著閃閃發亮的刀刃，整個靈魂都被吸引過去了。她想像著這把刀刺進小夜子體內的感覺，她不覺得恐怖，只有興奮的快感流竄全身。

這時，翔子握著刀子的手開始顫抖，她無法控制自己。翔子撇了撇嘴，想不到偏偏在這個時候這樣……

她走到洗手台旁打開櫃子最下面的抽屜，拿出拋棄式針筒，以及一包包摺疊好的小銀紙其中一包。攤開銀紙，裡面包的是無色的粉末，大概只有掏耳棒一匙的分量。她拿起放在旁邊的礦泉水，加入〇・五ＣＣ左右在粉末中溶解，再用針筒注射到自己左手腕內側。當然，不注射手肘內側的話一定會引人注意的。

效果相當顯著。翔子故意慢慢地把藥注射進去，享受著流竄全身的快感。她感到頭腦清醒、精神百倍。

這是特地為翔子調配的藥。那是好幾年前，為了提高競技能力的藥，現在她是為了開拓嶄新的人生而服用。翔子引退之後也一直跟仙堂保持聯繫，從他那邊取得這種特別的藥物。

如今，她知道自己得漸漸脫離這種藥物，因為仙堂已經死了。當初也是有了這樣的覺悟，才會殺了仙堂。

對她來說，藥到底是什麼？從客廳俯瞰著東京的夜景，翔子想著。自己的夢想也已經實現，也得到了榮耀，走向了絢爛的世界。當然，失去的也不少，但不管怎樣，事情都有正反面。她想，為了實現夢想，多少都要有所犧牲，這是沒辦法的。她沒有後悔與藥物接觸。

然而或許可以說，她感到最懊悔的，是讓她變成這樣的母親。母親在知道女兒引退後還是繼續服用藥物後，才發現一切已經無法挽回。在某個雨天，她就縱身撞上疾駛中的卡車過世了。留給翔子的遺書，上面寫著希望她不要再使用藥物。

媽媽，妳沒有錯——翔子心想。因為媽媽，讓她成為世界頂尖。

「我不會輸的。」

面向東京的夜空，翔子嘀咕著。好不容易爬到這一步了，不想因為這樣就摔下來。一定要往更高更高的目標前進不可，誰都不能阻撓她。

殺了日浦小夜子，這樣一切就能順利了。

電話聲響起。

看了一下時鐘，時間是八點五十八分。

40

走向公寓的電梯搭乘處，小夜子感嘆居然有人住在這麼豪華的地方。除了簡直就像大飯店一樣的入口，大廳天花板垂吊著華麗的美術燈。而這裡跟她住的地方一樣都叫公寓，真是不敢相信。

她了解到，原來佐倉翔子是住在這樣世界的人。小夜子告訴自己不能退縮，她跟有介一樣，是背負著同樣罪惡的人。

關於有介曾經與翔子交往過的事情，小夜子早在一年前，也就是剛結婚的時候就知道了。告訴她這件事的是丹羽潤也。

「不要看他那樣，以前至少也交了一個女朋友啊！」

來他們新家玩的潤也，在有介離開位子時，趁著酒意把這事情說了出來。小夜子仔細聽著潤也說的每句話，當她聽到對方是原體操選手佐倉翔子的名字時，並沒有太過驚訝。同樣都是體育選手，會互相吸引也不是不可能。

只是說到翔子跟有介認識的經過時，潤也就打住了。之後還再三拜託小夜子，關於他說溜嘴這件事一定要保密。

小夜子以前也不是沒有跟其他男生交往過，所以她壓根也沒想過要問有介過去的情史。事實上，自己是否跟有介聊過翔子的事情，她也完全沒有印象了。只是，之前翔子在電視上出現時，她會故意說「她今天穿得很漂亮」或是「妝化得不錯」等等，希望看見有介有所反應，但都只是單純鬧著玩，不是真的在意。

會突然意識到這個女人的名字，是在昨天中午打來找有介的那通電話。那個女的自稱是木村翔子，還留下了自己的聯絡方式，當時小夜子就懷疑那是佐倉翔子。因此，她打電話給以前工作的出版社，請以前的同事查佐倉翔子的地址跟電話。可是後來查到的電話號碼跟木村翔子講的不一樣，於是小夜子下意識地試著撥號，發現是旅館的電話號碼。她開始起疑，認為佐倉翔子是用偽名的方式外宿旅館。

從有介那裡聽到所有的事情之後，她才把所有的事串連起來——有介所謂的剩下的最後一位友人就是佐倉翔子。他刻意隱瞞的事情，卻成了她推理的證據。而且剛剛刑警也說，最後一名友人很有可能是女生。這時，她發現事情一定就是她推測的那樣。

來到佐倉翔子的房門前，小夜子調整呼吸後，按了門鈴。過了幾秒，門靜靜地打開了。

「我正在等您呢！」

小夜子感覺到佐倉翔子的視線很快地掃過她全身，大概是在上下打量吧！小夜子覺得，親眼所見的翔子，比電視上的更美。

「您好！」

小夜子自覺氣勢不如對方，過了一會兒才開口。

她走過可以眺望夜景的客廳，沙發成直角排列著，桌上擺著一瓶白蘭地和酒杯。

「要喝嗎？」

翔子問道，小夜子沉默地搖搖頭。翔子視線往下移，用鼻子哼了一聲，說：

「啊！對喔，喝酒對胎兒不好呢！」

原來她已經聽說自己有了，這樣的事實令小夜子不悅。

翔子倒了一點白蘭地在酒杯裡喝了一口，嘆了口氣，說：

「要找我談什麼呢？」

「我想請妳告訴我昨天晚上的事情。你們在一起對吧？」

於是，翔子把酒杯放下，試圖忽略小夜子的視線，把眼睛飄向別處去。

「再隱瞞好像是多餘的。對，昨天晚上我跟他在一起，一起對抗那個怪物。」

「我先生是怎麼死的？」

「怎麼死的……？被開槍殺死的啊！」

「為什麼只有我先生死了？」

「什麼？」翔子看著小夜子，說：「這話是什麼意思？」

「為什麼妳活下來了，只有我先生被殺？」

小夜子凝視著曾經和有介是戀人的翔子。為什麼只有他被殺——這是小夜子最想問的問題。小夜子希望自己弄清楚事情，才沒有借助警方的力量獨自前來。

「這個嘛……情勢所逼吧……」

翔子聳聳肩，說：「妳應該知道他手裡拿著槍吧！他被開槍的時候，自己也對那個女的開槍。那個女的就搖搖晃晃，最後摔到河裡了，現在好像還沒找到她的屍體，應該是沒救了。所以我才會活下來。」

但是，小夜子搖搖頭，說：

「他……他不可能對人開槍的。這事情我最清楚。」

「自己中槍之後意志很脆弱，所以他自己開槍的。」

翔子變得認真。從這個反應，小夜子相信自己的直覺是正確的，接著說：

「不是這樣。他發現自己要被開槍了，在擊倒對方之前，應該會先逃走。他就是這樣的人。」

「但是，那個時候他的確是開槍了。我說的絕對沒錯。」

「對那個女的開槍的是妳，」小夜子果斷地說，「是妳開槍的，然後讓我先生握著手槍。」

「妳有證據嗎？」

佐倉翔子用力拍打桌子。

「我就是知道，我很了解我先生。」

「妳夠了沒啊？」

翔子把杯裡的酒灑向小夜子，說：「雖然說你們結婚，但也太自以為是了吧？妳根本不了解他。我跟他都把自己的靈魂賣給了惡魔，叫做禁藥的惡魔。他的事情我比妳還清楚才對。」

「既然你們是這麼好的朋友，為什麼要丟下他？」

「丟下他？」

「警察說他腹部中槍，如果馬上送到醫院還來得及搶救。妳為什麼把我先生丟下自己逃走？為什麼？」

對於小夜子的追問，翔子別開臉，雙眼垂下，好像在膝蓋上把玩著什麼。

「妳打算嫁禍給我先生吧？畢竟死無對證……」

說到這裡，小夜子深深地吸了一口氣，因為一個至今從來沒有過的想法，突然浮現在腦海：「難道說，是妳把我先生……？」

翔子看向小夜子，眼神中燃起敵意。翔子此時感受到情況危急，高高地舉起刀子……

41

少女醒過來的時候，已經是深夜了。

卡車後面的台子上有許多瓦楞紙箱，她就在那一座紙箱小山之中。卡車開始啟動，引擎的聲音讓她醒過來。

從河裡爬出來，搖搖晃晃地走著，發現堤防旁停著一輛卡車，於是便爬進後車廂車篷內。

她再度失去意識是當天早上，所以她睡了超過十個小時。

她慢慢地站起來，左腹部激烈的疼痛，全身也疲憊不堪。

她完全沒有想到佐倉手裡會有槍。她想，在日本一般人是不會有槍的。

她在河裡脫掉身上的防風外套，穿著外套她沒辦法游泳。所以她現在的裝扮是黑色的連身衣和賽車短褲，然後打赤腳。

她站起來，窺探駕駛座。卡車司機是一位中年男子，副駕駛座沒有人。

她把自己藏匿起來，用拳頭敲打駕駛座後面的玻璃。卡車終於停下來，她躲在箱子陰暗處。

她感覺司機從後車廂上來，準備檢查貨物的狀況。正當他來到她旁邊時，她倏地站起，中年男子一臉驚訝地整個人往後仰。她朝男子屁股用力踹了一腳，當男子哀號出聲，痛得蹲下，少女趁機壓住他的頭兩度撞向後廂車車緣處。男子當場昏死過去。

少女脫下男子身上的灰色工作服，套在自己的連身衣外面。衣服不夠長但很寬鬆，所以還能穿。她還套上男子的運動鞋，戴上工作服口袋裡的灰色工作帽。

左半身依然激烈地疼痛著。她蜷曲在地上，等待疼痛感減緩。

卡車停在道路左邊。她下了車環顧四周，不曉得這一帶是哪裡。她回到車內尋找地圖，找了幾回，她在地圖上發現佐倉翔子的地址。

她撕下那一頁，這時她從卡車後照鏡看到有輛小轎車停在卡車後面。一位年輕男子從車上下來。少女也從車上下來。年輕的男子在路旁的自動販賣機買香煙，車子沒有熄火。

少女接近轎車，迅速地坐進後座躲起來。沒多久男子開門坐進駕駛座，少女起身，用右手把男子的脖子往後勒住，男子驚叫出聲。

她給男子看地圖，示意他佐倉住的那一帶。

「要去這邊嗎？」

她點點頭，左手也掐住男子的脖子。男子顫抖著說：「好，我知道了，不要勒我……品川很快就到了。」

或許怕猛踩油門，女子會突然勒死自己，於是他小心翼翼地發動車子。

她忍著腹部的疼痛感，聚精會神，雙手掐著男子的脖子，避免自己中途暈過去。

精神狀況看似不太正常的佐倉翔子拿起刀子刺了過來。小夜子拚命閃躲，往玄關的方向逃。翔子以猛獸般的速度早一步擋在她前面。

「妳以為妳逃得掉嗎?!」

翔子歪斜著嘴，露出醜陋的表情，說：「我會空翻啊，妳動作這麼遲緩，怎可能贏得過我的速度！」

「妳就算這時候殺了我，也沒辦法善後屍體吧！」

被往後逼退的小夜子說著。

「無所謂啊。把妳分屍，用宅急便寄回妳家就可以了。」

翔子竊笑著。

「妳這個瘋子。」

小夜子搖搖頭：「不要過來！我要大叫了！」

「請便啊。這個房間為了可以讓我練習唱歌，還特地做了隔音設備呢！要是聲音漏了出去，別人也只會以為我又再練歌了。」

救命啊！救命啊！小夜子喊叫了兩聲。但是只能心急，卻發不出清亮的聲音。

「警察知道我來這邊。」

「妳想我會被這種容易被看穿的謊言矇騙嗎？」

翔子再度向她攻擊，小夜子只能繞著室內逃竄。看到東西就拿起來扔去，驚嚇之餘手腕無法靈活，東西胡亂飛去也打不中目標。

「夠了，放棄吧。妳逃不掉的。」

翔子拿著刀子一步一步逼近她。小夜子往臥房的方向跑去，翔子緊追在後。

「不要！」

「妳哭吧！妳看妳，還穿什麼孕婦裝咧！告訴妳，這把刀是有介的，是他為了殺人準備的。死在這把刀下，應該也是妳的心願吧！」

一說完，翔子再度襲擊過來。

小夜子拚命地抓住翔子拿著刀子的手，就這樣兩個人都倒在床上。

體力相較之下，小夜子肯定沒有勝算。摔倒在床上，手腕也被箝制住了。

我要死了——小夜子這麼想著，閉上眼睛。覺悟之際，身體定住不動，只想著該如何保護肚子裡的小孩。

這時，突然間聽到尖叫聲。小夜子睜開眼睛，翔子被三名男子抓住。

「啊！警察先生。」

是昨天晚上到橫濱娘家去的那幾位刑警。根岸刑警拿起手銬銬住翔子。

「佐倉翔子依殺人未遂當場逮捕。」

「不要！不要！」翔子哭喊著。

「不要動！」根岸刑警嚴厲地命令翔子。

「有沒有受傷？」

「還好……沒事了。」

心情稍稍平復後，她從床上起來：「為什麼你們知道這裡？」

「鎖定車子為線索，這車子擁有的人不多。再鎖定體育關係者去查，就只有佐倉翔子。」

「原來是這樣啊！」

「查到之後就趕過來，請管理員讓我們通過保全上樓，到房門口時，總覺得很奇怪，所以就請管理員拿鑰匙讓我們進來了。」

「謝謝你們救了我。」

小夜子使盡了全身的力氣，當場蹲了下來。

「現在換我們問了。妳怎麼會在這裡呢？」

「嗯，看來必須全部讓你們知道了。」

小夜子垂著頭。根岸帶著翔子，紫藤則跟在小夜子旁邊。另外一名年輕的刑警拿起電話叫巡邏車過來。

「先不要叫，」翔子立即反應：「出去之前，我要補一下妝，巡邏車來的時候請他們到地下室停車場。我不想銬著手銬從玄關正門出去，絕對不要。」

年輕刑警困惑的臉看著根岸。

「好吧！」

根岸點點頭說道。

43

佐倉翔子整理儀容時，紫藤陪同根岸坐在客廳的沙發等待。年輕的高山刑警則監視著翔子。

日浦小夜子環抱著肚子坐著，害怕地將背拱了起來，臉色依然蒼白。紫藤想這也難怪，她一定過度驚嚇了。

紫藤完全想不透是怎樣的過程讓她會過來這裡。但是矇騙警察還不惜跟兇手對峙，這行為背後，代表了她對丈夫那份深厚的情感。

你真傻——紫藤心中嘀咕著。當然是對她丈夫日浦有介說的。

翔子化完妝後走過來。看著她的臉，紫藤瞬間無言。她的妝容讓她看起來像個洋娃娃，伴著抑鬱的表情，醞釀出一股蠱惑的魅力。

「久等了。」她對著刑警們說道。
「現在可以叫巡邏車了嗎？」根岸問道。
「可以，但是如果在前門的話，我就不出去。」
「我知道。」
根岸示意高山打電話。
「我們有很多話想問妳。」
在電梯裡，紫藤對翔子說道。
「我沒有什麼話要說。」
翔子看也不看紫藤一眼，冷淡地回應他。
來到地下室，巡邏車還沒來。慎重起見，高山刑警走到入口處，其餘四人在電梯前等著。
根岸拿出香煙點火，深深地吸了一口。煙味彌漫在空氣中時⋯⋯
「屍體找到了嗎？」
翔子突然開口問道。
「日浦有介的？」紫藤說道。
「不是。」
她這麼說時，別處傳來男子哀號的聲音。紫藤與根岸互看。

影。

「什麼？這個聲音。」

根岸不安地說著，看向年輕刑警走去的那個方向。可是走到底，再左轉，也沒看到半個人影。

「我去看看。」

說完，紫藤快步走了過去。

停車場雖然有日光燈，但還是不夠亮。他穿過兩側停著高級轎車的通道前去。

一過轉角，看到前方有人倒在地上。紫藤快步跑過去，發現是高山刑警，後腦勺出血，雖然還有心跳，但已經失去意識，旁邊有個生銹的鐵餅滾落在一旁。他趕緊翻找高山刑警的西裝，手槍已經不見了。

紫藤站起來大聲叫道：「那個人來了，趕快進電梯！」

沒聽到根岸的回應，取而代之的卻是兩個女生同時的尖叫聲。應該是日浦小夜子跟佐倉翔子！紫藤奮力地跑回去。

回去之後，映入眼簾的是一個可怕高大的黑影。只見兩個女生從反方向逃開，而這黑影從根岸後面掐住他的脖子。

「走開，不走開的話我開槍了。」

紫藤架著手槍。但事實上對方跟根岸距離非常近，他根本沒有辦法扣扳機。

少女知道他的意思了，於是高個子的女生單手扣住根岸的脖子，另一隻手慢慢地伸向紫藤，手裡同樣握著槍。

紫藤意識到危險，動作敏捷地躲進車子陰暗處。隨後聽到槍聲，子彈胡亂飛。

紫藤從車子暗處露出臉來，根岸倒在電梯前。紫藤以為剛才的槍聲是根岸中槍，趕緊壓低重心跑到他身旁。不過看來子彈沒有擊中根岸，而他果然跟高山一樣頭部受創，看來兇手是用槍柄攻擊。

紫藤舉著槍，慢慢地離開電梯前面。周圍只有車子，沒有任何人影，小夜子跟翔子應該是為了保護自己躲起來了。那個女的一定是躲起來伺機而動，紫藤再度前進時，突然周圍暗了下來。看來是那個女的把電燈關掉了。他倏地放低身子，屏住呼吸。

他豎起耳朵仔細凝聽周圍的聲音，可是一點人的氣息都沒有。額頭上的汗，從他的臉頰流到下顎，嘴唇乾裂。

紫藤調整呼吸，仔細留意著腳步聲，開始慢慢移動。那個女的一定也是在某個陰暗處準備接下來的攻擊。

他想起攻擊根岸的女子的身影。

確實比想像中還要高大，訓練過的肌肉，真不愧是仙堂之則用盡全部的熱情換來的傑作。紫藤蹲低，仔細確認每部車子之間的空隙，瞬間感覺自己就像是在墓地一樣。

喀沙的聲音從對面的車子那邊傳來。

他停止任何動作，豎起耳朵，隱約可以聽見人的喘息聲。

他舔了舔乾裂的嘴唇。握好手槍，二次深呼吸後，往車子那邊走去。
又有聲音了。兩個小小的身影蹲在牆邊。仔細一看，是日浦小夜子跟佐倉翔子。
「殺了她啊！」
這時翔子大叫：「快殺了她啊！」
「不要出聲。」紫藤小聲地說著，空氣中彌漫著騷動的氣氛。他回頭環顧四周，兩輛車中間出現了一個巨大的身影舉著槍瞄準他們。
「趴下！」
他說完的同時，對方的槍口迸出火花。子彈打到水泥的聲音，翔子放聲尖叫。
這次紫藤槍口對向她。她如猛獸般快速地從旁邊躲開。
「啊，腳，腳好痛。」
抱著膝蓋，翔子的聲音悶住了。血流出來，看來是剛剛的子彈從她腳上擦了過去。
「冷靜！」
說完，紫藤從車子中間走出來，環顧四周，發現那女的不見了。
跑去哪兒了——正當這麼想時，突然身上感到重力，強大的力量，兩隻手腕勒住他上半身。
紫藤試圖甩開她的雙腕時，瞬間敵人的蹤影又消失了。紫藤吞了一口氣後，發現自己從地上飄了起來。沒有任何反抗的機會，紫藤身體重重地摔在水泥地上，全身幾近麻痺。
他咬著牙，集中全力站起身來。看到少女朝小夜子那邊跑去，但是相較於她敏捷的動作，紫藤要踏出一步都顯得相當困難。

翔子哀號出聲。小夜子蹲著，睜大眼睛看，身體不斷地顫抖著，她知道她必須要離開……

少女走到小夜子她們面前站著，緩緩地舉起槍。

紫藤尋找著自己的手槍。原來掉在距離他一公尺的地方，他使出全身的力量伸出手。就要來不及了——紫藤心想。

在小夜子旁的翔子，不成聲地哀號著。她想逃跑，可是礙於腳上的傷無法移動。

「救命啊！求求妳。救命啊！」

翔子像毛毛蟲一樣扭動著身體，躲在小夜子後面。

小夜子只能顫抖著身體，仰著臉，睜著大眼看著高度幾乎要碰到天花板的少女向她們逼近。跟剛剛翔子想要殺她的恐懼感截然不同，她已經沒有力氣抵抗了。

少女冷酷的表情舉起槍朝向她。

就要被殺了，小夜子心想著。她閉上眼睛，這時她發現自己早已淚流滿面。

但是，似乎沒有馬上聽到槍聲。感覺持續了一段好長的空白，她睜開雙眼……

巨大的少女緩緩地彎下腰，伸出雙臂。小夜子吞了一口口水，心想：沒有開槍，難道是要勒死她嗎？

看來也不是這個樣子。少女悲傷的神情，像是要訴說什麼似地看著她。

「什麼？」

正當小夜子想問的時候，只聽見「轟」的槍聲響起。同時少女高大的身體仰起，接著又一發。

就像慢動作一樣，少女整個人跪癱了下來。她沒有倒下，只是微微地皺著眉頭，咬著牙根，想要前進似的。她的眼為什麼一直看著小夜子？伸長著手，動了動手指，像是向她乞求什麼……

終於，她再也使不上力，倒了下來。瞬間聽到她倒在水泥地上的聲音。

紫藤搖搖晃晃地靠近，垂下握著手槍的右手。

「有沒有受傷？」

「沒有。」小夜子點點頭。

紫藤收起槍，俯看著倒在地上的高大少女。

「終於可以回山梨了。」

他喘著氣低聲說道。

小夜子看著死去的少女，雙手護在自己的肚子上。少女像是在向她乞求似的，伸長著手臂。少女嘴裡吐出虛弱無力的聲音。

BA……BY……

小夜子聽到「baby」的聲音。

為什麼少女最後會這樣說呢？她究竟是不是這樣說呢？

小夜子不明白。
巡邏車紅色的燈，從黑暗處駛近。

謎人俱樂部

歡迎加入**謎人俱樂部**！為了感謝您對皇冠出版的推理、驚悚小說的支持，我們特別規劃推出讀者回饋活動，您只要按照規定數量蒐集每本書書封後摺口上的印花（影印無效），貼在書內所附的專用兌換回函卡上，並詳填個人資料後寄回，便可免費兌換謎人俱樂部的專屬贈品！詳細辦法請參見【謎人俱樂部】活動官網。

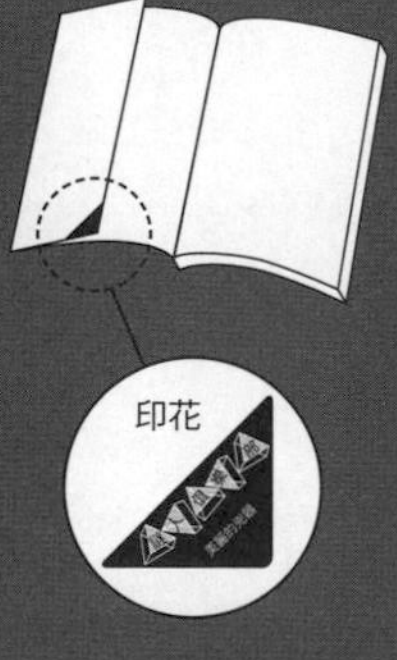

【謎人俱樂部】臉書粉絲團
www.facebook.com/mimibearclub

☐集滿4個印花贈品（二款任選其一）：

A：【推理謎】LOGO皮質燙銀典藏書套一個
（黑色，25開本適用，限量1000個）

B：【推理謎】吉祥物『獨角獸』圖案皮質燙金典藏書套一個
（咖啡色，25開本適用，限量1000個）

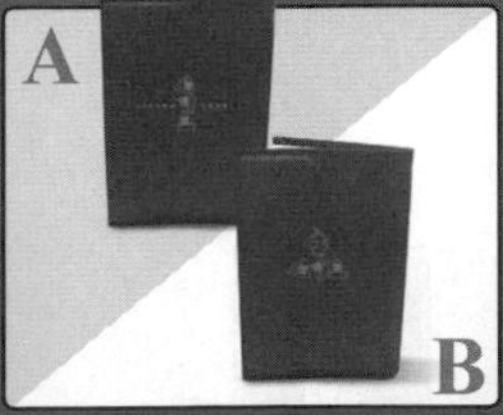

☐集滿8個印花贈品（二款任選其一）：

C：【推理謎】LOGO皮質燙金證件名片夾一個
（紅色，11.5cm x 8.6cm，限量500個）

D：【推理謎】吉祥物『獨角獸』圖案環保購物袋一個
（米色，不織布材質，41.5cm x 38.6cm，限量1000個）

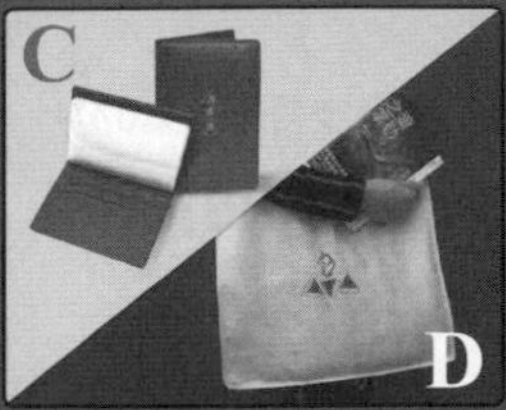

☐集滿12個印花贈品（二款任選其一）：

E：【推理謎】LOGO不鏽鋼繩鑰匙圈一個
（限量500個）

F：【推理謎】吉祥物『獨角獸』圖案馬克杯一個
（白色，320cc容量，限量500個）

謎人俱樂部會不定期推出最新限量贈品提供兌換，
請密切注意活動官網和粉絲專頁。

【注意事項】
◎本活動僅限台灣地區讀者參加。
◎贈品兌換期限自即日起至2021年12月31日止（以郵戳為憑）。
◎贈品圖片僅供參考，所有贈品應以實物為準。
◎所有贈品數量有限，送完為止。如讀者欲兌換的贈品已送完，皇冠文化集團有權直接改換其他贈品，不另徵求同意和通知。贈品存量將定期在【謎人俱樂部】活動官網上公佈，請讀者在兌換前先行查閱或直接致電：（02）27168888分機114、303讀者服務部確認。
◎皇冠文化集團保留修改或取消謎人俱樂部活動辦法的權利。辦法如有更動，將隨時在【謎人俱樂部】活動官網上公佈。

國家圖書館出版品預行編目資料

美麗的凶器 / 東野圭吾 著 ; 李宜蓉 譯. -- 初版. --
臺北市 : 皇冠, 2021. 04
面; 公分. --(皇冠叢書; 第4930種) (東野圭吾作品集 ; 04)
譯自 : 美しき凶器
ISBN 978-957-33-3694-5 (平裝)

861.57　　110003248

皇冠叢書第4930種
東野圭吾作品集04

美麗的凶器

美しき凶器

作　　者—東野圭吾
譯　　者—李宜蓉
發 行 人—平　雲
出版發行—皇冠文化出版有限公司
台北市敦化北路120巷50號
電話◎02-27168888
郵撥帳號◎15261516號
皇冠出版社(香港)有限公司
香港銅鑼灣道180號百樂商業中心
19字樓1903室
電話◎2529-1778　傳真◎2527-0904
總 編 輯—許婷婷
責任編輯—平　靜
美術設計—Bianco Tsai
著作完成日期—1992年
初版一刷日期—2009年12月
二版一刷日期—2021年04月
二版二刷日期—2021年05月
法律顧問—王惠光律師

讀者服務傳真專線◎02-27150507
電腦編號◎527101
ISBN◎978-957-33-3694-5
Printed in Taiwan
本書定價◎新台幣320元/港幣107元

謎人俱樂部贈品兌換卡

我要選擇以下贈品（須符合印花數量）：□A □B □C □D □E □F

1	2	3	4
5	6	7	8
9	10	11	12

【個人資料蒐集、利用及處理同意條款】

您所填寫的個人資料，依個人資料保護法之規定，皇冠文化集團將對您的個人資料予以保密，並採取必要之安全措施以免資料外洩。您對於您的個人資料可隨時查詢、補充、更正，並得要求將您的個人資料刪除或停止使用。

本人同意皇冠文化集團得使用以下本人之個人資料建立該集團旗下各事業單位之讀者資料庫，做為寄送出版或活動相關資訊、相關廣告，以及與本人連繫之用。本人並同意皇冠文化集團可依據本人之個人資料做成讀者統計資料，在不涉及揭露本人之個人資料下，皇冠文化集團可就該統計資料進行合法地使用以及公布。

□同意　　□不同意

我的基本資料

姓名：____________________

出生：________年________月________日　性別：□男 □女

職業：□學生 □軍公教 □工 □商 □服務業

□家管 □自由業 □其他____________________

地址：□□□□□ ____________________

電話：（家）____________________（公司）____________________

手機：____________________

e-mail：____________________

我對【東野圭吾作品集】系列的建議：

寄件人：

地址：□□□□□

北區郵政管理局登
記證北台字1648號
免 貼 郵 票
〔限國內讀者使用〕

10547
台北市敦化北路120巷50號
皇冠文化出版有限公司 收